저는 대만에서 온 팬이에요

우리 오빠 심장폭행죄로 고소할 거예요

迷妹的
빠순이
韓文
自學法

零 基礎也能
無痛養成韓文腦

第一本！
追星迷妹自學韓文
全攻略！

LJ —— 著

추천문
推薦序
FOREWORD

跟著LJ跨出
韓文學習的第一步

77

　　學習貴在堅持，語言學習更是如此，韓語學習並非一朝一夕就能完成，LJ在韓語學習的路上堅持至今，儼然是一個很好的學習榜樣。

　　在這本書中，LJ以追星者的視角將她學習韓文的心路歷程、心法毫無保留地分享出來，並闡述了自己是如何克服學習上的困難與阻礙、堅持學習到現在，甚至是在網路上幫助許多一樣想要學好韓文的人，這樣的起心動念實屬不易。

　　除此之外，這本書也有許多LJ個人推薦的學習資源，舉凡手機APP、網站，以及書籍提供給大家參考。如果你也是個迷妹／迷弟，且不知道該如何開始學習韓文，不妨看看這本書，幫助自己跨出韓文學習的第一步。

（本文作者為IG韓文學習帳號「77的韓文筆記」創辦人／

韓文自學學習書作者）

這是一本迷妹讀著讀著，會「不小心笑出來」的書！

YO CINDY

喂～標題怎麼講得好像這本書是在搞笑一樣啊？！但是同為資深K-POP迷妹和YouTube創作者，甚至都是希望哪天能親眼見證偶像腹肌的欲女小夥伴……咳咳，我是說因為追星而開始學韓文的人，我覺得LJ這本書真的是寫到迷妹的心坎裡！

書中用幽默風趣的文字侃侃而談LJ一路從韓文麻瓜到現在成為老師、開辦線上課程甚至出書的心路歷程，歸納出方便又實用的自學建議，還附上QR-CODE可以隨時用影片輔助學習，讀起來一點也不像制式化的課本，反而是一起追星的歐膩和你聊天的感覺，讀著讀著，也因為太有共鳴就不小心笑出來了～

迷妹最常學韓文的管道就是看偶像上的綜藝節目、MV的

幕後花絮等，所以聽力往往是進步最快的，然而想要有系統的組織語言，直接用自己的嘴巴說出來，那還真的不容易！書中也有許多方法可以讓迷妹勇敢開口說韓文，推薦大家一定要看LJ的發音影片學習，因為她對發音真的是自我要求到一個變態的地步，不知道的人還以為她是韓國地鐵站的廣播配音員（浮誇）。

　　最後我完全認同LJ說的，迷妹追星起來或許有時有點瘋狂，但是我們真的是一群高度自律、有毅力又高效率的人，可以為了偶像自學韓文甚至當上老師、用最快的速度收集愛豆的資訊並歸納整理、甚至為了和志同道合的好友有個一起聚會的好地方而開店當老闆……

　　相信我，迷妹是一群認真起來可以拯救世界的人類。

（本文作者為韓國文化YouTuber）

LJ是自學韓文者的光明燈

快樂寶賤

　　對我來說人生的光明燈就是LJ姊姊了！想必大家一定都會有「好想學ＸＸ」的時候吧？尤其是語言類，更是從小到大一定會想學個兩三種，但結局通常如何？上進、有行動力一點的人會買個書自學，但大部分人可能就會變得跟減肥一樣淪爲口號（我就是這大部分人之一哈哈哈）。

　　從小身爲K-POP迷弟的我，眞的最想學的就是韓文，從國中開始買了第一本韓文參考書，就棄如敝屣放在家裡書櫃只翻過三頁；高中時也想精進韓文能力，還上了學校課後輔導的韓文班，結果去了都在跟朋友聊天、沒在上課；大學時我就遇到了LJ姊姊的頻道，只能說，「相見恨晚」四個字不足以形容，如果可以還眞希望LJ能早一點拍影片出道！我就不用走那麼多冤枉路了！（還在怪別人哈哈哈哈）

　　LJ雖然沒有一丁點韓國血統，韓文卻講得如此有魅力，教學法更是深入淺出地教大家如何背四十音，在影片裡活潑的演繹了韓文的法則。如今LJ要出書了，我先幫各位看過內容，只能說：迷妹迷弟們你們看這本書會學得非常快樂！

　　以前老師都說：學中玩，玩中學，我都想說放屁！學要怎麼玩？但這本書真的是「寓教於樂」，讓你在學習的過程中體會追星的美好，同時也能讓你一步一步更接近偶像的感覺。台灣的追星圈真的不能沒有LJ，如同我破題所言，LJ是我人生的光明燈，而現在她要繼續照亮各位，成為大家的引路人，指引你前往愛豆的世界。

（本文作者為韓國文化YouTuber）

프롤로그
自序
PROLOGUE

追星意義的
最佳證明

「안녕하세요 엘제이입니다.」大家好，我是LJ。這一句我在YouTube講了近五年的開場白，沒想到有一天會出現在書上。從我開始當YouTuber之後，出一本自己的書，其實一直都在我的人生願望清單中，當然這份清單也是包含一些很荒謬的願望，例如可以在演唱會上親眼看見偶像的腹肌這類的啦（喂）！

說到迷妹，很多人可能會抱持很負面的想法，認為迷妹就是盲目、不喜歡讀書、一天到晚只追著偶像跑的族群。但身為資深迷妹的我想說，請丟掉這個刻板印象吧！迷妹其實很勵志的！在你現在閱讀這本書的同時，作者我本人可是AKA最勵志荒唐迷妹呢（笑）。

　　從國中開始追星，一路追到大學追韓團，我從沒想過有一天會因此學了韓文，然後創立了YouTube頻道跟大家分享、開了線上課程、參與了實體演講。不只是學會了韓文，多了一個語言能力，同時也學會很多技能，例如迷妹如何搶票、研究各種追星管道、學會查詢各種資訊，還透過追星，交到許多志同道合甚至於變成知心好友的朋友。也許會有人認為追星是一件很沒意義的事，但迷妹們在過程中學習到的語言能力、各種技能，其實就是追星的意義最好的證明！

　　一直到現在，我有機會寫這本書來跟大家分享迷妹學韓文的方法，這一切其實都很不真實，感謝出版社給我機會讓我可以完成這個小小的迷妹夢想。

　　其實寫這本書的時候是充滿很多挑戰的，畢竟本書方向是設定給零基礎或剛學完40音的人看的，因此在寫書的過程當中我一直很苦惱怎麼樣的方向才會對大家有所幫助。在這本書中，我將自己的自學經驗分享給大家，內容涵蓋了我追星及學韓文的心路歷程、自學的聽說讀寫如何練習、推薦學習韓文必備的工具或書籍，以及跟大家分享迷妹被潛移默化

的人生跟韓國人的思維等。我不敢說這是一本多麼專業的書籍，但如果你也是迷妹，因為想聽懂偶像而學韓文、卻不知道從何下手，希望這本書會讓你有所收穫。

　　最後感謝出版社，讓我可以一圓出書這個夢想，也感謝每一個購買這本書的你。

　　爸媽，我出書啦！

목차 CONTENTS

목차 CONTENTS

목차 CONTENTS

PART 1
初衷

第一章
資深迷妹的
語言興趣養成

Sorry Sorry Sorry Sorry
내가 내가 내가 먼저
네게 네게 네게 빠져
빠져 빠져 버려 baby

　我從國中開始就是一個迷妹，當時追的是紅到翻過去的5566，甚至還排隊去聽過演唱會，必唱的神曲請幫我下BGM！「我難過的是放棄你放棄愛，放棄的夢被打碎，忍住悲哀～」（唱）。

　一路追到了國中，小迷妹突然開始追起歐美歌手了，那時我非常喜歡艾薇兒跟一個英國團體Blue，如果現在閱讀這本書的你不認識這些團體沒關係的！代溝嘛！我懂的。國中時期的我為了學會唱那些英文歌，在當時影印還沒有那麼方便的年代，我把歌詞逐字寫在筆記本上，不會的英文單字一個一個查，加上要求對自己發音一定要很標準道地，因此把各種尾音、連音、發音規則全部都查出來、標記出來，就是希

望自己能夠唱得一口流利又標準的英文歌。

推我入坑的神曲

　　2009年，小迷妹就這樣一路成長到了大學三年級，當時有一首幾乎紅遍全亞洲的歌曲，想必不用我說大家也知道是哪首神曲吧？來，正在閱讀的你一起大聲唱出來～「Sorry Sorry Sorry Sorry 내가 내가 내가 먼저 네게 네게 네게 빠져 빠져 빠져 버려 baby」就是〈Sorry, sorry〉這首歌，帶領我前往了韓文的九又四分之三月台，我作夢也沒想到，我會就這樣進入了韓文歌跟韓團的世界，就此展開學韓文的這一條不歸路，喔不，我是說學韓文這條康莊大道。以迷妹的術語來說，就是「跌入坑底」。

　　隨著年紀增長，小迷妹成為了33歲的輕熟女，在新書上市的此時，我正好33歲又7個月，再過不久我就要變高齡產婦，真令人哀傷，欸離題了。現在的我還是穩穩躺在坑底，怎麼樣都出不來，學習韓文的熱情也依然不減退。

　　正是因為對語言有興趣，以及比一般人好一點點的語感，讓我出社會的第一份工作就是當兒童美語老師，每天進教室都用充滿energy的聲音對著很多小蘿蔔頭喊「Hello, everyone. Jennifer is here!!!!」也是因為對語言的興趣，讓我

在之後學韓文的路上相對地更容易上手。

起初，我的目的非常單純，只想要跟著歌詞一起唱韓文歌。2009年當紅的除了Super Junior的〈Sorry, sorry〉和少女時代的〈Gee〉以外，還有很多從二代團開始追星的迷妹都一定會琅琅上口的韓文歌曲，那時還不會韓文的我，只能跟著空耳（以諧音來理解的意思）一起唱。

後來我真的受不了，內心吶喊著：「我想要唱一口發音道地的韓文歌啊！」於是自學學會了韓文的40音。這之後，總算可以唱出大部分的歌詞了，雖然有時候還是會疑惑，為什麼有些字的發音跟字面上完全不一樣，但當時的我也沒有多想，只覺得可能跟中文的破音字一樣，反正我只是要唱歌而已，就死背下來吧。

你們以為我學了40音就直接撞進九又四分之三月台、進入韓文的霍格華茲了嗎？答案是，不。發音只是讓我站在月台前面而已，因為我一開始壓根就沒有想學韓文的欲望。

一腔熱血自學韓文，只為聽懂歐巴在說什麼

人家說君子報仇3年不晚，歐巴們拉你入坑也是10年都不嫌晚。在我開始聽韓文歌的幾個月後，就這麼突如其來地入坑人生中的第一個韓團——SS501。迷妹內心當時的願望就

是，「好想了解到底歐巴們在說些什麼啊～」可惜當時的網路遠不如現在發達，中字都要等一段時間，每次等中字，都有夠像王寶釧苦守寒窯18年一樣煎熬。於是我下定了決心，我要學韓文！這樣我就可以聽懂歐巴們在說什麼了。標準雙子座憑藉著「衝勁來了就要快速行動」的個性，馬上就開始查當時任何可以學韓文的補習班，但當我看到網站上寫著一期的學費數字時，作為一個月打工費才沒多少的大學生，立馬打消了去補習班的念頭，並對自己說，「先冷靜一下吧！去書局買書回來自己試著讀讀看，真的不行再去補習班也不遲啊！」就這樣迫於金錢的現實，我去了書局尋找能夠學韓文的書籍。

13年前，跟韓文相關的學習書真的相對少很多，於是我常常去逛書店，只要看到順眼的韓文學習書籍就陸續買回家，雄心壯志地準備開始學韓文。剛開始當然是滿腔熱血，靠著一股「我一定要聽懂歐巴在說什麼」的意志力，每天都認真地學韓文，只是好景不常（這個成語可以用在這裡嗎？編輯

會不會想揍我），這股熱忱大概維持沒幾個月就停滯了。因為我突然覺得，「唉唷，幹嘛那麼辛苦，反正會有人翻譯啊，等那個翻譯就好了嘛，何苦為難自己呢？」對！我就這樣放棄學韓文這件事了。

　　時光飛逝，懶惰鬼的日子就這麼過到了2015年，這中間其實我都斷斷續續地學韓文，韓團都不知道追幾輪了，還是沒能把韓文學好。雖然偶爾也是會想著，為了在第一時間聽懂歐巴們說什麼，再次努力地把韓文學好吧！可惜心有餘而力不足，日子就這樣一天一天過去。直到某天，我整理書櫃的時候，發現一堆以前買的韓文文法書，我望著它們，以沉思的大衛雕像的姿態，在那堆書前面思考了一番。我不知道思考了多久，只記得某個瞬間我醍醐灌頂，彷彿釋迦牟尼佛頓悟出佛法時一樣，覺得自己花錢買了這麼多書，現在卻堆在這裡長灰塵，也太浪費錢了吧？於是我再次下定決心，這一次我真的要認真學韓文了！

　　這次的我，終於勇敢撞進了那個九又四分之三的月台，踏進了韓文的霍格華茲。

第二章
踏上韓文霍格華茲的魔法世界

　　霍格華茲的魔法世界分成四個學院，在你進入的時候分類帽會幫助你分派到各個學院，而迷妹世界的霍格華茲也是一樣的，剛好分成了偶像、演員、歌手、綜藝。分類好之後，你準備進入迷妹的霍格華茲了嗎？

踏上霍格華茲之前 —— 自學韓文很困難嗎？

　　講到自學韓文，可能很多人常常聽說韓文很難，沒有老師自學應該很困難吧？我必須……老實說，「韓文真的很難！」欸欸欸，先等一下，不要被這一句話嚇跑然後就乾脆想說，啊我放棄啦，反正等中字就好啊。迷妹們想想，你是

為了什麼學韓文？為了「偶像」對吧！所以當然不能這麼輕易地放棄這第一步。

韓文雖然很難，但自學韓文並不是不可能的事情，我自己就是靠著自學學會韓文的，即使到了現在還是必須持續學習新東西，但並沒有想像中難。不過每個人的學習狀況都有所不同，怎麼知道自己適合自學呢？以下列出一些優缺點給大家參考。

自學的優點：

❶ 時間彈性自由
❷ 學習進度可自行掌控
❸ 可自行尋找喜歡的主題或各種方法學習
❹ 不需要花錢

自學的缺點：

❶ 沒有老師可以提問
❷ 沒有同學可以練習，容易感到孤單
❸ 上網自行搜尋答案，但是無法確定正確度，可能學習到錯誤內容
❹ 口說、寫作不容易練習

一開始我就是因為沒錢才決定開始自學的，當時根本沒有想到韓文到底難不難，就直接馬上行動了。這也是我想跟各位迷妹說的：真正有心想學習韓文時，即使它很難，你也會馬上行動，而不是猶豫著該不該開始學習，或是到處問別人韓文真的很難嗎？又或者看了一堆大家的心得，網路上發問了一堆問題，卻還是停留在原地沒有踏出第一步。為了

偶像，先學了再說！後面有多少難關，就像偶像當練習生一樣，一關一關慢慢克服，最後才能夠有機會出道。不過偶像要出道有時候需要靠機緣，而學韓文這件事，只要你願意努力花時間並且用對適合自己的方法，絕對可以學得起來。

　　我想會買下這本書的人，應該都是想要自學的人，所以即使知道自學的優缺點，應該也不會反悔然後蓋上這本書、直接放棄吧（笑），所以你說自學難嗎？我可以告訴你，只要你有毅力，只要為了你的偶像，自學其實真的不難。

一天到底應該學習多久？

　　這個我應該被問過不下500次，其實真的沒有標準答案。有的人很聰明，他只要一天學習2個小時，很快就可以吸收應用；有的人卻可能一天要花到3、4個小時才能夠記住，所以要有一個標準答案真的很難。但是這邊可以提供幾個學習方案作參考。

時間有限

　　在時間有限的狀態下，我不會強迫自己一定要讀很久的書。當學生因為學校課業、上班族因為加班等因素而導致不一定每天都有時間，像這樣的狀況，我就會抽出10分鐘，從

課本中挑選已經學過的單字再一次進行重複背誦跟默寫，除了加深記憶之外，也可以再次確認自己是否真的可以記得住單字。

有點時間

這時候我就會花大約1個小時，選擇一個文法，大量地造句跟背課本上的課文。小時候我們學中文、英文，老師為什麼都會叫我們背課文，原因就是課文出現的句子其實就是生活中會應用到的，背了大量的句子，當遇到相同情境的時候，自然而然地就會運用上那個句子。

開啟認真模式

像這樣的狀態，我一天至少會花3個小時讀韓文，這時候就會把課本上不太熟悉的東西重新都再讀過一遍，不熟悉的單字也都再重新背過一次，然後仔細地去了解文法的運用或差異，同時加入情境對照做出自己的筆記。最後我也會自己製作練習考卷來複習，甚至會假裝自己是老師；如果今天要教別人這個文法的話，我應該如何解釋才對，

如果發現有卡住或是解釋不出來的地方，就再把這個文法重新研讀一次，反覆一直到完全會為止。

擺脫麻瓜的第一步 —— 發音

想進入韓文的霍格華茲，第一件事就是你一定不能是麻瓜，那麼第一步就是找到你學習韓文的動機啦！既然都是迷妹，想必學韓文的動機就只有一個，「我想聽懂偶像在說什麼！」這對迷妹來說是一個非常大的動力，但只有動力是不夠的，所以擺脫麻瓜的另一件事就是要學會40音。

我常常被問說，「想學韓文但是不知道從哪裡下手？」答案不管在哪個語言都是一樣的，就是「發音」。所以擺脫麻瓜的第一步就是要學會40音。當初我只是為了想跟著歌詞一起唱，隨意到書局買了幾本有40音的書就回家開始讀了，一開始的時候覺得，其實40音並沒有很難嘛，因為韓文是拼音的，只要把子母音拼起來就可以形成一個字了，所以其實我很快就學會了。

如果你還沒有學過40音，那麼這邊大概介紹一下，韓文的發音中一共有19個子音跟21個母音，因此合起來是40音。基本上當你學會40音之後，大部分的字你都可以輕易地唸出來，當然還是有一些所謂的發音規則等，但那些在後續學韓

文的過程中都會慢慢學到，所以才說韓文字母算是比較有系統而且比較簡單的語言（欸但文法就不是這麼一回事了）。如果還沒學過40音，可以掃描QR Code至我的YouTube頻道，有一系列完整的發音教學，看過影片會對40音比較了解，也就更能夠理解接下來所提供的方法唷。

辨別子音中的平音、激音、硬音

　　我知道對很多人來說，要分辨40音中的平音、激音、硬音其實是一件很難的事情，很多人常常來問我到底它們要怎麼分辨，這邊告訴大家一個小技巧。

　　先準備一張紙，以 가　카　까 這一組舉例來說好了，ㄱ是平音，你發出這個子音的聲音的時候，紙張會微微擺動，因為它是一個氣音。

　　而 ㅋ 是激音，也就是氣流比起前面的 ㄱ 來得更多，當你發出這個音的時候，紙張的擺動會更強烈。 ㄲ 則是硬音，當你發出這個音的時候，紙張完全不會擺動。當你都做對了，就表示你發音發對啦！這個小技巧提供給大家參考。（可以掃QR Code聽發音）

發音記不起來？怎麼掌握正確發音？

　　再來大家可能會遇到的問題就是，40音學是學了，但是怎麼樣都記不起來它的發音或正確的發音位置。發音的正確度絕對是一件很重要的事情，如果初學時不注重，那麼可能會導致在跟韓國人溝通的時候，他們聽不懂你說的究竟是哪個單字。因此切記發音的重要性，千萬不要覺得「沒關係啦！反正韓國人應該聽得懂」，不不不，事情絕對不是你想像的那樣。

　　你必須做的就是嘴型跟舌頭位置的掌握。就像我們小時候學英文一樣，每個字母都有它正確的發音位置跟嘴型，韓文也是一樣的。掌握正確嘴型跟發音位置這件事情呢，在教科書上或網路資源都有很多技巧可以參考，當然我的YouTube頻道就是其中之一啦！（讓我自肥一下喂）

　　接著是發音怎麼樣都記不起來該怎麼辦？首先你可以到我的YouTube去看一支母音chant，看完包準你立刻記住10個基礎母音（欸～怎麼又是自肥時間）好的，讓我們回歸正題，發音如果一直都記不起來，這邊提供一些方法給大家。

1.字卡練習法

第一是設立你要學會的發音目標。例如設立要在一週之內學會10個基礎母音並且熟記它的發音,那麼你可以做一個可隨身攜帶的小字卡,把10個母音都寫在上面,利用通勤或是每天5-10分鐘,看著這些母音把發音唸出來。在唸的過程中一定會發現有哪幾個字特別卡,或是沒辦法馬上反應的,那麼就把那個字多練習幾遍。另一個方法則是一邊寫一邊唸。這個方法的靈感來自於我小時候學鋼琴,老師都會叫我一邊彈一邊唱,因為這樣才可以把正確的音跟五線譜上的位置記起來。其實學習語言真的沒有什麼捷徑,就是大量地練習,讓你的腦袋熟悉這個語言的聲音。

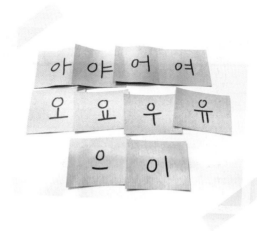

2.字卡拼音練習法

　　當你已經熟記40音的發音之後，下一關就是拼音了，這也是很多人感到困難的地方，子母音拆開的時候都看得懂，但是一旦拼在一起之後，腦袋就自動當機唸不出來。這時候大家可以試試看一個小遊戲，就是字卡拼讀遊戲。把40音都做成字卡，然後子母音隨機打散之後，拿出一個母音搭配一個子音，看自己是否能夠馬上反應出這個字怎麼唸，跟前面40音發音一樣，一定會有不熟悉唸不出來的字，這時候請把這個不熟悉的子音或母音註記起來多唸幾次，這樣下次它再出現的時候，你就會更熟悉這個子音或母音。「可是我怎麼知道自己唸得對不對？」如果你有這個疑問，那麼你問得非常

好。自學的時候因為沒有老師，最大的困難就是不知道自己是對還是錯，針對發音的部分，大家可以使用Naver辭典或翻譯軟體Papago，把字輸入進去讓它唸出來，就可以比對自己唸得正不正確啦！

3.偶像的名字拿來練習，既有趣又快速

接著再提供一個迷妹絕對有興趣、不覺得無聊的小方法，就是利用偶像的名字來練習拼音！

身為迷妹，偶像的名字是一定要會唸的，不會唸偶像的韓文怎麼行呢？這時候請把各個你喜歡的偶像名字都拿出來隨機練習拼音吧！保證練習得很開心又不無聊，偶像名字的正確唸法，也可以參考我的YouTube頻道〈#偶像的名字怎麼唸〉系列影片唷（到底要自肥幾次）！

單字唸出來怪腔怪調怎麼辦？

OK，現在我們已經會拼音了，接下來的困難是什麼？「為什麼我唸單字的時候，都跟課本不一樣？」雖然韓文並不像中文有一二三四聲，其實韓文的單字是有音調的。所以在你唸單字之前，打開耳朵聽是一件很重要的事。請切記，一定要有意識地聽，不能只是讓CD成為背景音，這樣是一點幫助都沒有的，你的腦袋只會自動忽略它而已。大家可以把它想成，當偶像或歌手拿到一個歌曲的demo帶時，一開始一定是完全不熟悉，那要怎麼樣才能學會熟悉這首歌，並且用自己的情感詮釋出來？當然就是有意識地一直聽，把旋律記在心裡，40音的音調也是一樣的。同時大家也要在心裡想著，語調對了，有一天跟偶像對話的時候，才不會有偶像聽不懂你到底在說什麼的窘境，我想這是每一個迷妹都不希望發生的事，對吧？

所以呢，語調的重要性絕對不能夠忽略掉喔！

第一步，仔細地聽課本唸單字時的音調，然後在課本上以自己的方式做註記，接著再跟著唸，甚至可以錄音下來跟課本做比對，這樣才可以發現自己哪裡唸得不對，重新修正。這個過程需要不斷反覆，而且其實滿無聊的，就像我小時候練琴一樣，常常同一個小節要練好幾十遍才能夠熟悉，可是

如果不經過這個過程，最後是不可能彈出一首曲子的，只會彈得零零落落亂七八糟。其實不管學什麼東西，都是要反覆練習才能夠學會而且熟練的。俗話說一回生二回熟，這個道理相信大家都知道，如同我們喜歡的偶像一樣，他們為了夢想，會不顧一切堅持努力不懈。所以我們為了偶像，這個踏入霍格華茲前的第一步，一定要堅持住啊！如果連第一步都堅持不住了，怎麼能夠朝著偶像們前進呢？你們說是不是？

如果覺得課本很無聊，也可以使用偶像的有字幕綜藝或有字幕韓劇，根據上述的方法來做練習。不過這邊就有一點要提醒大家，因為偶像的綜藝或韓劇對初學者來說，可能會有很多文法單字是你不懂的，但是沒關係，你就把那個句子跟它的中文意思背下來，一樣反覆做練習，當有一天情境出現的時候，你就會自然而然地使用那個句子了！

PART 2

學習應援

↓

追星學韓文的各種方法

第一章
關關難過
關關過

　　學完40音，很多人常常問我，「下一步該怎麼辦？到底是要先背單字還是先學文法？」我先問大家一個問題，想要當偶像，必備的基礎實力是什麼？唱歌跟跳舞或者跳舞跟Rap實力對吧？這兩項是不是缺一不可？所以針對前面的問題，答案是同時並行。句子是由單字跟文法構成的，缺一不可，這也是為什麼單字文法要並行的原因。

終於進入韓文的霍格華茲了，
但是下一步呢？

　　通常迷妹們知道下一條路怎麼走之後，都會雄心壯志、

野心勃勃，但自學之後就發現，啊……怎麼跟想像中的不一樣？這時候千萬不要放棄，你的偶像在練習生的路上都不斷堅持，出道後也不斷在為了自己的夢想努力，我們身為粉絲，當然要把偶像的精神貫徹在學習韓文之上。但光是有這份熱忱是不夠的，沒有循序漸進的學習計畫，我們只會像一隻無頭蒼蠅一樣亂亂飛，這時候制訂自己專屬的學習計畫就是一件很重要的事。

　　制訂學習計畫聽起來簡單，做起來並不容易，特別是對於自學者來說。但迷妹有一個特性就是，我們是非常勵志的一個族群！迷妹追偶像，從拍照、修圖、整理各種回歸資訊、記住應援，到舉辦各種中大小型應援活動，這些我們都是從日常的瑣碎時間中去做到的。制訂屬於自己的自學計畫，其實對我們來說一點都不難。請帶著今天這個學習目標的終點，就是能夠聽得懂偶像到底在說什麼的初心來學習韓文，那麼在這條路上，即使遇到困難你也不會害怕，會一直持續走下去。

制訂你的學習計畫

　　我雖然是出了社會才開始讀韓文，但當時因為真的非常喜歡韓文，所以每天還是都挪出時間來學習。通常我一週會設

定學習1-2個文法，大部分時間都會讀書1-2小時，假日會休息，但休息的時候也是會利用時間滑滑推特、偶像的IG或是聽聽韓文歌，來增加自己接觸韓文的機會。大概每兩週會開啓一次認眞讀書模式，那個週末就會挑一天假日來認眞讀書。以下列出我自學時的讀書計畫給大家參考：

週一　第一課

週二　背第一課單字＋文法造句

週三　複習第一課文法＋背課文

週四　第二課

週五　背第二課單字＋文法造句

週六　複習第二課文法＋背課文

週日　簡單地挑選可能是一首韓文歌來聽，
　　　理解幾個單字即可，這天可彈性休息

當然學習計畫是可以隨著個人的狀態去做調整的，大家可以依照自己能夠負荷的狀態去制訂自己專屬的學習計畫。

單字怎麼背？

　　背單字，肯定是一個大魔王，因為常常背了就會忘記，或是覺得背單字很痛苦。迷妹一定有經驗，偶像的生日、名字或他的家人，甚至跟偶像相關的一些故事你絕對不會忘記，為什麼呢？第一是因為你喜歡偶像，會把偶像的一切事物都深刻記在腦袋裡，所以請大家運用這個能力來背單字吧！另外就是，你的手機號碼、家裡地址或電腦密碼等，這些你絕對不會忘記。

　　為什麼這些東西不會忘記，反而一直留在你的腦海裡呢？是因為你會「經常」使用它們。所以如果要問我，到底怎麼樣背單字才不會忘記，說真的只有一個道理，就是多看多聽多用，聽起來很像廢話跟陳年大道理，但這是唯一的途徑。

　　我本身不是一個記憶力特別好的人，相反地我有一顆金魚腦袋，時常忘東忘西。所以背單字對我來說，自然就成了一個很大的挑戰。我覺得背單字很像小時候學鋼琴練習記五線譜音的位置那樣，不可能只看一次就會記得，一定是一邊看著樂譜，一邊反覆彈奏相對應的音，所以在常常彈的範圍以內的音，只要看到都可以馬上彈出來。但是樂譜上如果出現不常見的音，反應的速度自然就會變慢，而背單字其實也是一樣的道理。

1.土法煉鋼默寫法

前面說到我不是記憶力特別好的人，所以我在初期背單字的時候，都是採用一邊默寫一邊唸的方式來背單字的。這個方法的好處是，可以記憶單字的音之外也可以記憶拼寫法，但這個方法比較適用在記憶課本上的單字，因為當你背完之後再度複習課本內容，就會看到自己默寫背過的單字，所以課本上的單字就不容易忘記啦！

2.把單字融入生活

什麼叫做把單字融入生活呢？除了課本上的單字，我們生活周遭最容易接觸到的是什麼？就是你身邊看得見用得到的東西，所以第二種背單字的方法就是把你眼睛所能見到的單字都唸出來、記下來。

一次選擇一個種類的韓文單字來做練習，例如今天我想要練習的是跟臥室有關的單字，那麼每天起床清醒以後，我會看著自己的床開始唸，침대（床）、베개（枕頭）、베개커버（枕頭套）、이불（棉被）、이불커버（被套）、침대시트（床單）。如果發現有唸不出來或想不起來的單字，我就會把它寫在一個筆記本上，用來提醒自己這是我記不太起來的單字，然後反覆考自己這個單字的唸法跟寫法，一直到熟悉為止。接著再替換其他每天都會用到的東西，例如文具好

了，연필（鉛筆）、볼펜（原子筆）、자（尺）、지우개（橡皮擦）、필통（鉛筆盒）、가위（剪刀）、문구칼（美工刀）等，同樣一邊唸一邊記憶。

3.迷妹的專屬單字卡

　　迷妹們一定常常看偶像的影片、貼文等，其實這也是練習單字很好的方法。當然初學的迷妹一定不可能全都看得懂，但是沒關係，我們只要從中挑選單字來背，然後再製作專屬於迷妹自己的偶像單字卡，這樣就可以增加除了課本以外的課外單字囉！例如今天偶像在IG發布了一則貼文搭配韓文文字，那麼就可以利用Naver辭典去查出句子中不懂的單字，然後寫在自己專屬的單字卡上。

> **例如：**
>
> **제이스 여러분 상을 받았다! 오늘도 고마워요. 조심히 들어가세요~**
> （我們J's得獎啦！今天也感謝大家，路上請小心～）
>
> 句子中出現的單字：**상** 獎項 / **받았다** 收到（過去式）/
> **오늘** 今天 / **고마워요（고맙다）**感謝 / **조심히** 小心地 /
> **들어가다** 回去 / 進去，上

如果有看不懂的文法句型也沒關係，因為這邊著重的是背單字，只需要把單字查出來即可。同理可證，偶像在推特、IG限時動態的發文都可以使用同樣的方式來製作專屬的迷妹單字卡。背單字的同時又可以了解偶像在說什麼，多麼有成就感啊！

4.自製測驗表

我從以前土法煉鋼背單字的時候，就會寫一張測驗表格來測驗自己。現在想想其實當時根本可以用電腦，但我還是選擇用手寫，原因是我覺得寫測驗表格也是一種練習。這種方式可以運用任何類型的單字上。我會製作中韓兩種測驗表，以下是應用方式：

中文版：
第一欄寫單字中文，第二欄留空白寫韓文，第三欄訂正（通常我會訂正至少三次）

床		
枕頭		
枕頭套		
棉被		
被套		
床單		
床套		

韓文版：
第一欄寫韓文單字，
第二欄留白寫中文，
第三欄訂正

침대		
베개		
베개 커버		
이불		
이불 커버		
침대 시트		
침대 커버		

做單字測驗的時候，運用不同顏色的筆也是一個小訣竅，我會使用藍色或黑色的筆製作測驗表，紅色改正，綠色用來訂正，然後反覆練習這些錯誤的單字一直到熟悉為止。

當然現在電腦很方便，大家也可以選擇直接用電腦製作表格，不過我自己還是比較喜歡使用手寫的方式，這個就因人而異，大家可以自行選擇。

文法怎麼學？

文法也讓很多人頭痛，尤其韓文的語序跟中文截然不同，再加上韓文中又有敬語、半語等差別，常常會讓很多初學者看了就頭痛想放棄。但是在你想放棄之前一定要想想，這是

你的偶像的語言，它的規則就是這樣，為了聽懂偶像說什麼，我們不能放棄的，對吧？

在學習文法的時候有一個很重要的重點就是，「絕對不要用中文邏輯思考」。這是初學者很容易犯的錯誤，當我們學習到一個文法之後，請盡量以韓文去理解它，盡可能避免每次都翻譯成中文，否則不但不易養成韓文腦，之後閱讀或是對話的反應能力也會變慢。文法，本身就是很枯燥乏味的東西，這點不得不承認。就像我小時候練琴一樣，同一個小節可能要練習好幾十次，把技巧、拍子、音色都練習到。

韓文的文法學習也是如此，我們在練習文法的時候，大量的依樣造句就變得非常重要，這個看似很簡單、好像沒什麼的動作，其實都是在訓練你對文法的熟悉度，之後遇到相似的情境時，就可以自然而然地說出句子來了。但是，怎麼樣才能夠讓枯燥乏味的文法變得比較有趣一點呢？這時候就要搬出我們的偶像啦！

這邊舉一個在初學的時候，最先會學到的文法就是N.이에요 / 예요，表示「是……」的意思。

在此課本上可能會出現的例句會是저는 한국 사람이에요.（我是韓國人）/ 마이클 씨는 미국 사람이에요.（Michael是美國人）。但我們迷妹哪會在乎課本上的Michael是誰呢？XD

　　所以這時候就把Michael換成偶像吧！造句換成정국 씨는 한국 사람이에요.（柾國是韓國人）/ 미나 씨는 일본 사람이에요.（Mina是日本人）等句子。

　　啊如果成員都是韓國人怎麼辦？那就把故鄉搬出來吧！지민 씨는 부산 사람이에요.（智旻是釜山人）/ 아이린 씨는 대구 사람이에요.（Irene是大邱人）。以此類推依樣照句，句子是不是就會變得比較不無聊呢？而且造的例句都是偶像，這樣如果有機會可以介紹到自己的偶像時，這個句子就可以拿出來用啦！

相似文法如何克服？

　　韓文中最麻煩的就是有很多相似的文法，而這些相似的文法翻譯成中文的時候都一模一樣，韓文語感卻會有所不同，這也是自學者的痛點之一。因為沒有老師，沒辦法詢問相似文法的差異之處，這時候Google就是你的好朋友啦！上網查詢相似文法的相關資訊，自行消化之後再變成自己的專屬筆記，這樣記相似文法就不會搞混啦。

　　在此以을 / ㄹ까요?與을 / ㄹ래요?來做舉例，這兩者都有詢問對方意見的意思。這時候問題就來了，翻成中文都一樣，韓文到底哪裡不一樣呢？有的課本會註記不同之處，

有的課本則不會，我個人滿推薦《我的第一本韓語文法》這本書，因為這本書會把相似文法的不同之處寫出來讓大家更了解。如果你的課本上沒有註明，第一步就是運用萬能的Google大神，通常初學的文法在網路上都可以找到很多資料，可以多看多比較，然後整理出自己的筆記。

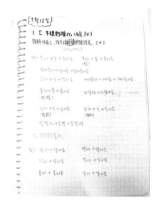

＊을 / ㄹ까요?

詢問對方意見。通常有「我們」要不要一起做什麼事情的含義。假如對方不想與自己一起做什麼事情，那麼可能會影響到自身做這件事的意願。在翻譯的時候通常會翻成「我們要不要……?」

例句：

밥 먹으러 갈까요? 我們要不要一起去吃飯？
콘서트 같이 갈까요? 我們要不要去看演唱會？
앨범을 같이 살까요? 我們要不要一起買專輯？
같이 운동할까요? 我們要不要一起去運動？

*을 / ㄹ래요?

詢問對方意見，這個文法則是單純詢問「對方」的意見，所以
對方的意見才是重點。對方如果不想做這件事，並不會影響到
我原本做這件事情的意願。翻譯的時候通常會翻成「你要不
要……」？

例句：

물을 마실래요? 你要喝水嗎？

포카를 살래요? 你要買小卡嗎？

온라인 콘서트 볼래요? 你要看線上演唱會嗎？

공식 굿즈를 살래요? 你要買官方周邊嗎？

*比較：

같이 삼겹살 먹으러 갈까요? 「我們」要不要一起去吃五花肉？

같이 삼겹살 먹으러 갈래요? 「你」要不要一起去吃五花肉？

當理解完這其中的差異之後，再把相似文法製作成表格更
方便做比較。

을 / ㄹ까요?	詢問對方意見 包含「我們」要不要一起做某事	학교 근처의 카페가 맛집인데 같이 갈까요? 學校附近的咖啡廳很好吃，「我們」要一起去嗎？
을 / ㄹ래요?	詢問對方意見 「對方意見」是重點	학교 근처의 카페가 맛집인데 같이 갈래요? 學校附近的咖啡廳很好吃，「你」要一起去嗎？

再舉例一個相似文法에 V.S. 에서

*에
地方助詞，前方接地點，表示去 / 來某地或者是在某個地點。

例句：

오빠가 학교에 가요. 哥哥去學校。

저는 지금 공연장에 있어요. 我現在在演唱會現場。

저는 회사에 다녀요. 我在公司上班。

정국이 지민 옆에 있어요. 柾國在智旻旁邊。

*에서
地方助詞，前方也是接地點，表示在某處做某件事。

例句：

공연장에서 콘서트를 봤어요. 在演唱會場地看演唱會。

팬사인회에서 아이돌을 만났어요. 在簽售會見到偶像。

인터넷에서 앨범을 샀어요. 在網路買了專輯。

음원 사이트에서 음악을 들었어요. 在音源網站聽音樂。

*比較：
에與에서前方都是接地點，但是에的後方通常會接上移動性的動詞或있다 / 없다表示在 / 不在，而에서的最大不同則是一定要「在某一地點做某件事」。

에	地點助詞 表示目的地或在 / 不在	저는 지금 공연장에 있어요. 我現在在演唱會現場。
에서	地點助詞 表示在某處做某事	공연장에서 콘서트를 봤어요. 在演唱會場地看演唱會。

閱讀能力如何培養？

　　韓文本身跟中文的特性完全不同，中文是每一個字基本上都有自己的意思，但韓文是一種黏著語，也就是說，它的文法是名詞、動詞、形容詞加上連接詞語或者是語尾組合而成，因此在一開始練習閱讀的時候，就必須懂得拆解句子的語塊，才能夠更快速讀懂內容。以下舉例來拆解句子：

　　例：

　　방탄소년단은 2013년 6월 13일에 데뷔한 빅히트 뮤직 소속 대한민국 7인조 보이 그룹이다. 또한, K-Pop을 대표하는 메가스타이다. 팬 클럽 이름은 아미이다. 2022년 6월부터 팀 활동과 개인 활동을 병행하고 있는 상태이다.

（文章出處為韓文版維基百科）

　　當我們看到這一小段文章的時候，請記得以區塊拆解的方式來練習閱讀，那怎麼做到區塊拆解呢？這個跟所學的文法有關係，如果是初學者，可能會對文法的理解或許不是那麼多，但這裡著重於拆解的方法，大家之後學習到文法句子之後，也可以利用同樣的方式來拆解句子。

방탄소년단은（此處有助詞因此為第一個句子的斷句點）／2013년 6월 13일에 데뷔한 빅히트 뮤직 소속 대한민국 7인조 보이 그룹이다.（這裡為句子的後半段）

翻譯：防彈少年團於2013年6月13日出道，所屬於Big Hit Music的大韓民國七人男子團體組合。

또한,（此處有逗號，因此也是一個斷句點）**K-Pop을 대표하는 메가 스타이다.**（此處為句子的後半段）

翻譯：再者，（防彈少年團）是K-pop的代表巨星。

팬 클럽 이름은（此處有助詞，為第一個句子斷句的地方）／**아미이다**（句子的後半部分）

翻譯：粉絲名稱為阿米。

2022년 6월부터（此處有一個文法為**부터**，也是一個句子的斷句點）／**팀 활동과 개인 활동을 병행하고 있는 상태이다.**（此處為句子的後半段）

翻譯：2022年6月開始，團體的活動與個人活動同時進行中。

　　由於韓文是黏著語，句子一定要做拆解才能快速看懂文章的意思，如果不做句子拆解逐字看的話，反而會更容易搞混，所以在閱讀上，句子的拆解非常重要。

聽力的練習方法

　　初學者練聽力時，絕對不要想說，「我要用韓劇或偶像的各種綜藝拿來當作範本」，否則你會發現你完全聽不懂，然後會很挫折，接著就會想說，踢公北啊～～爲什麼要這樣對我，我乾脆放棄好了。

　　雖然說偶像是我們學習的動力，但是對於初學者來說，韓劇或偶像的綜藝比較適合找出一小個片段來練習聽出單字或簡單的句子，而不是全部聽懂。那這樣的話，初學者到底該怎麼練習呢？答案就是你的課本。課本上都會有對話或聽力測驗，這時候對話的音檔就是一個很好拿來練習的範本。

　　聽力練習有一件事非常重要，就是你一定要打開耳朵有意識地聽，絕對不能只是播放CD的音檔而已，因爲那樣一點幫助都沒有。說到聽力，其實打開耳朵這件事情會因人而異，有些人天生耳朵比較敏銳，因此可以很快速就聽出發音上的差異；但有的人耳朵可能比較沒那麼敏銳，會需要花比較多的時間去聽出發音之間的差異。

　　舉例來說，初學者最

常碰到的어오우，剛開始在我們還不習慣這個語言的聲音的時候，辨別不出來是正常的。常常會有人問我說，這些到底要怎麼區分出差異？除了嘴形位置上的差異之外，其實不二法門真的是多聽就會熟悉了，我知道聽起來很像廢話，但這是真的。

　　我個人是耳朵比較敏銳，語感也比較好一點，所以我對於辨別發音之間的差異性會比較容易上手。如果你耳朵比較不敏銳，也不要氣餒，真的只要多有意識地聽，多去注意發音之間的差異性，有一天你就會發現，「欸？我突然聽懂發音之間的區別了。」再回到剛剛所說課本的音檔很重要，這邊提供小小的練習三步驟。

Step 1 反覆大量有意識地聽

　　首先課本上的課文通常都會附上音檔，這時候請一邊聽一邊看著課文，第一步絕對不要想一步登天，完全不看課文就想聽懂，一定要一邊看著課文一邊跟著聽音檔。在有意識地聽的同時，你必須去聽出發音之間的差異、單字的音變規則甚至是整個句子的語調。然後把聽到的聲音朗讀出來，若是發現自己有聽不懂的地方，請在課本上做註記，提醒自己這部分是不熟悉的。反覆以上的動作，一直到就算不看課文也能夠聽懂為止。

Step 2 聽寫練習

　　接著為了能夠確認自己聽到的句子都是對的，會建議大家這時可以把聽到的句子寫下來，有了第一步，基本上對於所聽到的句子已經非常熟悉了，接著第二步算是一個小小的測驗，把聽到的句子寫下來，然後再對照課本上的課文，檢視自己是否全部都能夠答對。如果發現還是有錯誤的單字或句子，一樣再回到第一步去做練習，然後再重複第二步，一直到完全能夠寫對為止。

Step 3 聽力稿練習

　　經過了前面兩個步驟的練習，其實聽力應該會有滿大幅度的進步。第三步算更進階的練習方式，課本上除了課文之外，也會有聽力的練習稿，這時候請把課本上的聽力測驗拿來當作最後一次的複習測驗。播放課本上的聽力檔案，第一次先專注地聽，想辦法聽懂句子，接著第二次聽的時候把句子寫下來，然後再去對聽力稿的答案，確認自己是否全然答對。有錯誤的地方一樣多聽幾次多寫幾次，如此練習下來，自己的聽力就一定會有大幅的進步。

　　在初學階段，教材其實是非常重要的。當然我們平常看韓劇、韓綜甚至是偶像的綜藝也都可以練習聽力，但初學者在文法字彙量都還不夠充足的情況下，拿這些東西來練習其

實眞的幫助有限，所以才會建議大家初學一定要先從課本開始。切記，學語言是無法一步登天的，這時候或許你會覺得這一步的練習很無聊，因爲跟偶像無關，但一定要堅持下去，因爲慢慢地接觸愈來愈多的文法之後，你就可以開始使用更多樣化的素材來練習聽力，這時候韓劇、韓綜、偶像的綜藝就可以派上用場了。這第一關的基本功，大家一定要撐下去啊！

　　如果你已經是進階版的迷妹，找一部韓劇、綜藝或你喜歡的片段，依照上面的方式練習，你的聽力也一樣可以大幅進步唷！

口說怎麼練？

　　不論任何語言，口說都是比較困難一點的部分。以母語學習者來說，學習的順序通常是先學口說再學文字，而我們學外文的時候卻剛好相反，因此口說會變得比較難以掌握。特別是對自學者來說更是痛點，因爲我們自學只有自己啊！沒有老師，沒有朋友或同學可以對話，也不確定自己說出來的是不是對的，所以口說對自學者來說可能會有一點難上加難的感覺。但是迷妹們，拿出你的精神不要放棄，自學也是可以把口說練好的！

　　學習外語有分成輸入以及輸出，輸入就是我們所學的文法、閱讀、聽力等，而輸出就是口說以及寫作。所以在你能夠開口說之前，最重要的是先有輸入，有了輸入才能夠輸出你所想要說的話。那我們要輸入的是什麼呢？這部分就是前面我們已經做到的背單字、學文法以及聽力。這些東西相對於口說來講是比較簡單一點的，那麼輸出為什麼困難？因為考驗你對於前面所學之後的一切組織能力，這也是口說困難的點，所以口說是必須透過更專注、更大量地練習，才能不需要多加思考，即可自然而然流暢地說出句子。

Step 1 Shadowing跟讀法

　　舉凡學習外語的人，一定都聽過「Shadowing跟讀法」這個練習方法，什麼是跟讀法呢？就是不看任何文字，只專注於語調、發音、抑揚頓挫，以模仿的方式唸出來的一種練習方法。藉由跟讀法的練習，可以提升發音、語調，以及口說的輸入跟聽力的能力。

　　韓文的單字、句子其實都有語調，但單字卻無法像英文一樣，一查字典就可以知道重音節，而整個句子其實都會有語調上的差異，斷句也會影響到整句話的語調，不過光從課本上的文字是看不出語調差異的。前面在聽力部分我們已經學會有意識地聽，到了口說的時候，一樣要使用有意識地聽

然後做出跟讀，跟讀時一定要注意語調、斷句跟發音的正確度，練習跟讀的時候一定要讀出聲音，這樣才會知道自己是否唸得與課本的音檔一樣。

想要更加仔細地比對自己是否唸得跟課本接近，現在手機錄音功能非常方便，可以用手機錄下來之後跟課本去做比對，覺得一直有唸不熟悉或唸不清楚的地方，就在課本上加以註記，提醒自己這部分要多練習。切記你在練習跟讀的時候，該做的事情一定要做到，如果完全都沒有注意到前面所說的部分，那麼你就只是無意識地在唸句子，這樣子對發音、語調跟斷句會完全沒有幫助。

如果真的覺得課本上課文太枯燥乏味，也可以選擇一部有中韓字幕的偶像影片來練習，這時候我就會建議不要全部都聽完，選擇大約3-5分鐘自己想聽的片段就可以了，因為初學者對文法的接觸還沒有很多，如果要全部聽完，你一定會

滿頭問號。另外也建議大家不要太執著於文法的部分是否不懂，而要專注於語調、跟讀、跟中文意思，這個在某種程度上也是語感的養成，即使那個文法你可

能還沒學到，但是如果那個句子或情境經常出現，當你聽到時其實就可以很自然地去反應說出符合情境的句子。通常偶像的影片例如直播等，都是他們日常講的話，所以這時候使用的單字文法絕對是最日常而且最實用的。

Step 2 自言自語練習法

　　這個練習方法聽起來很詭異，而且旁邊的人可能也會覺得你很奇怪，但對於語感的培養跟維持其實是一個很好的方法。

　　假設你已經學習了一些文法，前面也練習了一些句子，那麼這時候開始試著用韓文去表達你想說的話或內心的各種想法吧！像我很常在看偶像的影片，覺得偶像怎麼那麼可愛的時候，自然就會冒出一句「너무 귀여운 거 아니야?」（會不會太可愛了啊？）。或者是看演唱會看MV真的被帥到一個不行的時候就會說「와 멋있어 죽겠어.대박!! 난 어떡해?」（哇～真的帥死～大發～我怎麼辦啊？）

　　基本上我在生活中的每個時刻，都會以韓文思考的方式把句子說出來，因為只有這樣才能一直維持語感，就像我現在在寫書的當下也是一直用韓文說著「아…책 쓰기가 어렵다」（啊……寫書真的好難啊）窗外下雨的時候，我就會說어?비가 왔네~（喔？下雨了欸）

從最簡單的地方開始下手，把你所學到的句子慢慢地運用在生活中，只有這樣，口說的語感才能夠一直維持。

Step 3 課本對話練習法

做完了前面兩個步驟，最後一個步驟就是利用課本裡的對話來練習你的口說反射速度。選擇一篇課本中的對話，通常對話都會有兩個以上的人，你可以設定自己是某一個人，在不打開課本的狀態下播放CD，輪到自己的角色的時候按暫停，看看自己是否能夠反射地說出接下來的話，這也就是為什麼前面需要大量練習輸入的原因，當你能夠反射性地回答這個句子或是接續這個對話的時候，那就表示你碰到相同的情境時，就可以直接反射性地說出句子，而不再需要經過中文翻譯的思考。那麼恭喜你，你的口說輸出就成功啦！只要反覆這樣大量地練習，口說的語感跟輸出就可以自然而然地養成。

還有一件事想要提醒大家，就是當有機會可以開口的時候，千萬不要害怕。以往的外文教育體制讓我們從小學習外語的時候，通常都是聽讀比較流暢，但是要開口說的時候卻會害怕，但既然我們學的是外語，有錯誤一定是正常的，只有出錯了才知道什麼是正確的用法。所以不要害怕，鼓起勇氣說出口吧！把每一次可以開口練習的機會，都當作是為了

以後有機會可以見到偶像時跟偶像對話，想想看，如果你看到偶像其實有很多話想跟他說，卻一句話都說不出口，那不是很嘔嗎！所以我們這麼努力學韓文就是為了等到這一天，對吧？

寫作的養成

　　到現在我都還是覺得寫作很難。欸！我明明應該是要給大家鼓勵跟動力，結果卻跟大家說我覺得寫作很難，這樣對嗎？但是我認真地說，寫作真的是我目前學韓文的生涯裡，覺得最難的一個環節，特別是對於自學者。說實話，對於大部分學習韓文、目的只想要聽懂偶像在說什麼的迷妹，其實寫作這個環節我個人覺得並沒有到超級重要的程度，當然這裡還是會分享寫作的養成步驟，提供給大家參考。

Step 1 大量閱讀輸入

　　前面不斷提到，要能夠輸出，首先必須要能夠輸入，而這個輸入就是要從你的課本句子開始。這道理就像偶像們要能夠消化一首新歌的編舞進而跳出來，當然要先看著舞蹈老師跳出來的舞，仔細地去研究每一個細節，透過大量練習之後，才能夠以自己的方式跳出一首完整的舞蹈。

其實在沒有大量閱讀的狀況下，要寫出句子並不是一件很難的事情，畢竟造句大家都會嘛。但是寫作之所以難，就難在「語感」跟文章的「語句流暢度」。以前我在當兒美老師的時候，時常在改作文時發現一個問題，就是文法單字都是對的，但英文並不會這樣使用，也就是所謂的中式英文。而為什麼會產生這種問題呢？原因就出在沒有大量閱讀，不知道「正確」的文章語感跟寫法是什麼。由此可看出大量閱讀的重要性，只有先透過大量的閱讀輸入，把各種情境、語句都記在腦海裡才能夠寫出通順的句子。韓文也是同理，為了避免寫出中式韓文的句子，第一步就是要先大量閱讀。

Step 2 句子、文章仿寫

當偶像們研究完、輸入完舞蹈老師的編舞之後，接下來要做的事情會是什麼呢？就是「模仿」老師所編出來的舞蹈並且加以練習。這也是寫作的第二步。大家應該都記得小時候學中文都會有依樣造句，這就是一種模仿。初學者請照著課本上的句子依樣照句，造句的時候當然會覺得有點無趣，但記得拿出前面的方法，造句只要換成偶像，就會比較沒那麼枯燥乏味啦！以下列舉依樣造句的方法：

> **課本例句：**用來對等連接兩個動詞或形容詞的文法" **고**"
>
> 교실이 깨끗하고 넓어요. 教室很乾淨而且很寬敞

依樣造句：

정국이 노래를 잘하고 춤을 잘 춰요. 柾國歌唱得好舞也跳得好。

예지가 예쁘고 착해요. 禮志漂亮又善良。

리사가 눈이 크고 키가 커요. Lisa眼睛很大又個子很高。

　　為什麼依樣造句雖然無聊卻很重要呢？原因就在於初學的時候，語感培養是一件很重要的事情，這時候如果不建立起正確的語感，時間久了就會很難糾正回來，所以這一步雖然無聊，但是大家一定要撐住啊！想想看，偶像們練習的時候一定也很辛苦，但是只有大量地練習，最後偶像才能夠以自己的風格把舞蹈跳好，依樣造句也是一樣。

　　如果說依樣造句像是舞蹈的拆解，那麼接下來這一步的文章仿寫，就像是把所有的舞蹈動作都串在一起，變成一支完整的舞蹈。有學過跳舞的人應該會知道，拆解單一動作跟把所有動作連接起來，是完全不一樣的兩件事情。寫出文章也是一樣的道理，句子與句子之前的關聯性，整個文章的連接、流暢度，這都是寫文章的時候需要講求的。特別是韓文的語感跟中文有很大的差異，很多時候翻譯成中文意思都一樣，韓文卻會依照情境上的區分需要使用不一樣的文法，一旦使用錯誤就會造成閱讀者的誤解。在文章仿寫的過程中，也可以把一些常用的句型記下來，之後寫作的時候就可以很自然地拿出來應用。

文章仿寫練習

課本文章：
오늘은 일찍 일어났어요. 아침을 먹고 집 근처에 운동장에 갔어요. 거기서 30분쯤 운동했어요.
집에서 샤워를 하고 커피를 마셨어요. 12시에 친구랑 같이 백화점에서 점심을 먹었어요.
백화점에는 사람들이 많았어요. 점심을 먹은 후에 구경했어요. 저는 모자를 샀어요. 친구는 가방을 샀어요.

翻譯：
今天很早起床。吃了早餐之後到家裡附近的運動場，在那邊運動了30分鐘左右。
在家裡洗過澡之後喝了咖啡。12點和朋友一起在百貨公司吃午餐。
百貨公司裡人很多。吃了午餐之後逛了百貨公司。我買了帽子、朋友買了包包。

仿寫練習：
어제 일찍 일어났어요. 아침을 먹고 학교 근처에 운동장에 갔어요. 거기서 1시간쯤 운동했어요.
집에서 샤워를 하고 우유를 마셨어요. 1시에 친구랑 같이 남대문시장에서 점심을 먹었어요.
남대문시장에는 사람들이 많았어요. 점심을 먹은 후에 구경했어요. 저는 옷을 샀어요. 친구는 과이을 샀어요.

說明：

這邊的替換部分主要為名詞的替換練習，劇中文法的架構不改變做仿寫，目的為熟悉句型，而可以替換的部分則從簡單的名詞替換練習開始，等到文法量足夠多的時候，就可以替換為其他相似的文法練習。

1. 어제：課本原文第一個寫的是**오늘**，這邊第一個替換為**어제**（昨天），因為課文的時態是過去式，因此這邊替換為昨天，也可以替換成過去的其他時間。
2. 학교 근처：原文為**집 근처**是一個地點，這邊替代成**학교 근처**，地點替換的練習。
3. 1시간쯤：原文為**30분쯤**（約30分鐘）是時間，因此這裡替換為**1시간쯤**（約1小時），時間的替換練習。
4. 우유：原文為**커피**（咖啡），此處替換為**우유**，也可替換成為其他飲料。
5. 1시：原文為**12시**（12點），可任意替換為其他時間。
6. 남대문시장（南大門市場）：原文為**백화점**（百貨公司），此處為地點的練習替換。
7. 옷을 샀어요：原文為**모자를 샀어요.**（買了帽子），此處替換為**옷**（衣服）。
8. 과일을 샀어요：原文為**가방을 샀어요.**（買了包包），此處替換為**과일**（水果）。

第二章
追星與學韓文相輔相成，
運用這些資源學韓文更有趣

　　學習任何一種外語，都會有很多額外的資源可以協助我們學習，尤其在網路發達的社會，不管是App、搜尋引擎、社群網站、韓語學習平台等，都可以是我們額外學習的補充資源，以下提供幾個我自己常用的學習工具：

推薦的App及網站

Naver辭典（App或網站版皆有）

　　Naver辭典絕對是學韓文的路上必備的工具之一，這就像迷妹追星必備的技能一定要會應援一樣基本。遇到不會的單

字，第一步就是先打開Naver辭典查詢，每個字都會標記出標準寫法、唸法，若是遇到音變規則，也會同步標記出來。另外也會附上並且標記出初、中、高級的例句可以看，絕對是韓文學習者不能沒有的一個工具。

以App作爲搜尋範例：

Step 1：
在辭典頁面中的搜尋欄輸入想查詢的單字

Step 2：
得到查詢結果，會顯示單字的韓檢程度、釋義、例句以及單字的發音。

Step 3：

例句查詢，辭典中的例句一共分為初、中、高三個等級，可依照自己的需求選擇例句。

Papago（有App版以及網站版）

　　初學的迷妹因為字彙量或文法接觸得還不夠多，可能會沒辦法全然看懂或聽懂偶像在說些什麼，特別是推特的貼文或IG的貼文等，這時候Papago這個翻譯器就是一個很好的App。只要丟進去Papago翻譯，翻譯的正確度基本上可以達到9成，同時還可以聽句子的發音，而且語調等都滿標準的，非常適合新手使用。

　　Papago應用示範（App版）：

Papago主頁

最下方有四個欄位可以看到，第一個跟第二個都是語音翻譯，第三個和第四個則是圖片或照片翻譯。

輸入想要翻譯的內容，選擇要翻譯的語言，Papago會自動翻譯結果。

Instagram（App）

　　迷妹追星必備的社群App之一，想必就是Instagram（IG）了，那你知道Instagram除了拿來看偶像貼文、追蹤偶像動態，其實也可以拿來學韓文嗎？這邊我就跟大家分享一個親身經歷。有一次我在IG收到了一封訊息，對方問說他在看韓劇時，劇中男主角給女主角發了一個訊息內容是뎁태，他去查了Naver辭典，卻查不出任何意思，所以才來問我是否知道。當我看到這個字的時候，老實說我也不知道那是什麼意思，所以當下我猜測可能是新造詞或韓劇中設定出現的特定暗號之類的。

　　第一步在Naver辭典已經查不到了，第二步當然就是去Google，然後我就發現了在IG上有這個字的hashtag，因此我就點進去看，發現是韓劇《我的維納斯》中出現的字。所以這時候我就把男女主角的名字跟剛剛那個單字一起丟進Naver去搜尋，然後就找到一篇韓劇的報導，內容就寫到了那個單字的意思。雖然查詢的過程很繁瑣，但最終我還是找到了答案，所以其實hashtag也是一個很好的搜尋功能之一，尤其韓國人特別喜歡使用大量hashtag，因此大家如果遇到不懂的流行語或新造詞，也不妨試試這個方法來找到答案唷。

　　除了hashtag搜尋單字的學習方法之外，偶像們的發文也是迷妹們拿來學習的好方式之一，前面說了韓文要能夠融入生活才能夠應用，那麼偶像的發文夠日常了吧！所以拿出前面背單字時所教的方法，把偶像的發文都當成課本以外的學習教材，不懂的單字跟文法就丟進Naver辭典跟Papago去查詢吧！

　　應用範例（請原諒我不要臉拿自己的帳號來當範例）：

annyeonglj　오늘 재밌게 촬영했어요.재밌게 촬영해 주셔서 감사합니다. 촬영팀도 고생 많으셨습니다. 우리 제이스도 많이 많이 기대해 주세요.

Papago翻譯：今天拍攝得很開心，感謝大家愉快的拍攝，拍攝組也辛苦了，我們J's也請多多期待

單字：

오늘今天 / 재밌為 재미있다的縮略用法 / 게表副詞化 / 촬영하다拍攝 / 감사하다感謝 / 촬영팀拍攝組 / 고생 많으셨습니다辛苦了 / 제이스J's（粉絲名）/ 기대하다等待

文法：

아 / 어 / 해 / 주다表示請幫我做某事或者是需要幫你做某事嗎？
주셔서則是尊敬型的用法

Youtube（建議使用網站版較方便）

　　YouTube 應該已經是現代人的娛樂中不可或缺的一個部分，不管是偶像的 MV、Vlog、綜藝、幕後花絮等都會放在 YouTube 上，那 YouTube 要怎麼拿來學韓文呢？第一步從偶像的綜藝開始，當然初學者能夠聽懂或看懂的部分有限，但是通常韓國的綜藝都會壓上很多字卡，這就是很好的學習資源。因為搭配了當下綜藝的情境，當你在製作成專屬的單字卡的時候，就可以知道這個用詞所搭配的情境會是在什麼時候用，這也就可以當作課外補充單字。

　　除了畫面上壓的字卡之外，有一部分的綜藝會有說話時的字幕，全部聽不懂沒關係，但是可以去抓自己聽得懂的短句或單字，然後跟著他們的語調做練習，因為這時候他們講話的方式跟使用的詞彙、文法，就是日常會使用的方式。特別是碰到自己學習過的單字或文法，記得多重複看幾次、聽幾次去模仿，如果覺得速度太快，YouTube 也可以調整倍速，大家可以根據自己的狀況慢慢循序漸進。

　　另外還有一種學習法，就是反向的查詢方式。假設我今天想知道跟去髮廊有關的任何相關單字、句子，那我要怎麼查詢呢？首先到 YouTube 首頁，輸入 coversation in korea in hair salon，這時候就會跑出滿多以英文來教韓文的影片，大家就可以挑這些影片去學習美髮相關的單字、句型。所有你有

興趣的類型都可以運用這種方式去做查詢，如果你對跟購物有關的對話有興趣，那就可以輸入coversation in korean for shopping。通常也都會有很多韓國人的教學影片出現可以學習，不過這些多半都會講英文，有些教學也可能是講韓文附上英文字幕，這部分大家就要自己一個一個點開去找到自己覺得最適合學習的影片了。

Google / Naver（有App及網站版，建議網站版）

不管是學韓文還是查詢任何東西，搜尋網站都是不可或缺的重要角色，一般我們常用的Google就是一個很好的應用例子。當你碰到任何不懂的相似單字或相似文法的時候，第一步一定是到Google去搜尋。通常在初學階段的相似文法，查詢Google都可以找得到中文版本的解釋，而且資源也會很多，所以對初學者來說算是非常好的一個找答案的應用工具。但光是看別人整理的資料是不夠的，必須把看過的資料加以消化之後，整理成自己看得懂的專屬文法筆記，印象才會夠深刻。甚至自己也可以練習去解釋這些文法或單字的相似之處，藉此來驗證自己是否完全理解其中的相似之處。若發現還是有解釋不出來的地方，那麼就再重新檢視過一次自己是否有不懂的地方，再次重複研究，一直到自己真的能夠完全分辨為止。

此外，遇到字典無法查的單字時，也可以使用Google來查詢。假設今天在綜藝節目上看到「갑분싸」這個字，可能不一定在Naver辭典找得到，這時請把它丟進Google，關鍵字搜尋「갑분싸 뜻」（「뜻」是「意義」），就會出現很多資料，得到的答案是「갑지기 분위기 싸해지다」，原來是取這句話的第一個字縮寫而成。那你會想，「都是韓文啊怎麼辦？」不要緊張，丟進去Papago翻譯就會獲得「冷場」的答案了。

Google還有一種使用方式也跟YouTube一樣，可以反向搜尋。例如我想知道「髮廊」的韓文是什麼，這時候請搜尋關鍵字「Hair salon한국어로」（「한국어로」就是「用韓語表達」的意思），出來的資料就一定會有相關的單字或影片，然後再同步丟進Naver辭典查詢字詞的意思是否正確。

Naver會比較建議是中高級學習者用來做搜尋，因為中高級學習者已經有一定程度的韓文能力，能夠找到的答案會比較多元，面向也更廣，甚至可能找到更多的補充資料，查詢的方式基本上跟Google的概念一樣。

Twitter推特

追星的迷妹絕對不會少用的App就是推特，因為韓團的追星文化當中，推特是一個很常使用的社群媒體。那推特要怎

麼拿來學韓文呢？首先，推特的特性是一條推文字數不能超過140個字，因此通常字數都不會很多，或者是官方通常會轉發很精簡的資訊，例如演出資訊、打歌舞台錄製資訊、MV、專輯預售資訊等，這些都可以拿來當作迷妹專屬字卡的內容做學習，畢竟迷妹絕對是想在第一時間就看懂這些推文是什麼意思嘛！

　　再來迷妹肯定會追蹤很多站姐，站姐的發文想必也是迷妹第一時間就想看懂的，特別是當站姐要辦一些應援活動、展覽等的時候。另外，推特同時也是最容易學習到流行語或縮略語的一個社群平台。

　　跟大家分享我的經驗，有一次我追蹤的一個推特帳號，寫了一行字「이번의 딥디 사야겠다」 在這句話中，除了딥디這個字之外我都看得懂，意思就是「這次的XX一定要買了」。想當然耳，第一步我先把딥디拿去Naver辭典查詢，結果根本找不到這個字。於是我就丟去Google，跑出來的結果全部都是DVD，然後我也同步丟去Naver搜尋，出來的也是DVD，這時候我才恍然大悟，這原來是韓文디비디（DVD）的縮略語딥디！當時我就想，韓國人有需要懶成這樣嗎（笑）？디비디就已經三個字了還要縮寫嗎？但是韓國人日常生活中真的很常有各式各樣的縮寫。

　　另外，韓國人非常喜歡把很長的歌名或句子，取各第一

個字來縮寫，我也是偶然在某一個推特帳號看到發文說「베옵미 안무는 진짜 짱이다」（베옵미的編舞真的很厲害）。當時我就想，到底베옵미是什麼東西？但因為推文說了編舞，所以初步猜測大概是歌名，因此我也是把這個字拿去Google跟Naver查，結果馬上跑出防彈少年團的歌曲〈Best of Me〉，由於這個英文全部用音譯韓文來寫的話是베스트 오브 미，所以韓國人乾脆取第一個字縮寫成베옵미。大家看到這裡是不是覺得，「欸……頭好痛，韓國朋友們啊，為什麼這麼喜歡縮寫咧？」但沒辦法，這就是他們的文化表現。尤其在推特上更為明顯，不過同時也滿有趣的。至少我寫出這些縮寫的時候，算是很跟得上流行了吧！

　推特跟IG最不一樣的地方，就是它會有即時的關鍵字趨勢，這個也是學韓文跟了解時事的一個好機會。在我目前寫書的當下，推特的即時趨勢關鍵字第一名是「불법촬영」（非法拍攝），點進去之後會看到很多相關的推文，初級的學習者就可以利用Papago去了解發生什麼事；中高級的學習者則可以馬上用來練習閱讀，這也是我喜歡推特趨勢關鍵字的一個地方。

應用範例：

1. 經紀公司報導轉發：通常經紀公司推文轉發媒體或發布各項消息的時候，推文內容都會非常簡短，所以理解起來非常簡單，大部分都是單字看懂即可理解推文內容。

DM MUSIC @DM_MUSIC [기사] #LJ 첫 월드투어 ˝Find Myself˝ 해외 매체 호평 세례

Papago翻譯：LJ首次世界巡演"Find Myself"受到海外媒體好評

單字：
첫 第一個 / 월드투어 world tour / 해외 海外 /
매체 媒體 / 호평 好評 / 세례 洗禮

2. 站姐展覽貼文：站姐的展覽發文，文章內容就會比經紀公司的部分來得長一點，也會出現多一點文法，除了單字以外，也會需要去查詢一下文法的部分。

Shine LJ @shine_lj
The Truth fo Love
#LJ 34th Birthday project from Shine LJ

엘제이 서른네 번째 생일을 맞이해 서포트를 진행합니다. 각 이벤트 공지는 추후 안내됩니다. 많은 관심과 참여 부탁드려요.

Papago翻譯：為了迎接LJ 34歲生日將進行支援。各活動公告將在稍後通知，希望大家多多關注與參與。

單字：

서른네34（韓文數字）／ 번째次 ／ 생일生日 ／ 을受格助詞 ／
맞이하다迎接 ／ 서포트support迷妹用語中意指應援 ／ 진행하다進行 ／
각各 ／ 이벤트Event活動 ／ 공지 公告 ／ 추후事後 ／ 안내되다告知 ／
많다很多的 ／ 관심關心 ／ 과和 ／ 참여參與 ／ 부탁드려요.這句話屬於
極度常見的文法使用方式，用於拜託別人時的尊敬說法

文法：

많은形容詞冠型詞的用法，形容詞有收尾音加上은，沒有收尾音
加上ㄴ，用來修飾後方的名詞，表示「……的」。

V Live

　身為追韓團的迷妹／迷弟們，絕對不可能不知道的就是
V Live了！很多偶像或歌手都會擁有V Live頻道，會上傳團
體綜藝或是在上面直播，對我們來說是再好不過的學習資源
了！如果是綜藝節目，通常V Live都會有中韓文字幕可以選
擇，初學者在剛開始聽不懂的時候可以直接開啟中文字幕，
如果有遇到字幕上出現的字，都可以學習起來當作補充單
字，或是學習到某句話的講法，也可以記錄下來，之後有機
會一定會用到。

　如果是中高級學習者，我這邊提供個人的學習方式給大家
參考。因為我是比較有耐心的學習者，通常一集偶像的團綜
我至少會看個三次以上。第一次完全不開字幕，確認自己大

概聽得懂多少，不懂的地方略過沒關係。第二次我則會開韓文字幕，跟著韓文字幕看，然後確認剛剛沒聽懂的地方在看了韓文字幕之後是否能夠理解。第三遍我會開啓中文字幕，確認自己剛剛韓文的部分聽懂了多少。通常偶像的團綜一集大概都30分鐘，所以我都會把一集拆成三等分，每次10分鐘左右，分次去查詢我不會的單字或是文法，然後另外記錄在一個筆記本上，等到整集的單字文法全部都查詢完畢，最後我會再看一次以確認整集我都完全聽得懂，甚至會把已經看過的集數當作Podcast，在我化妝的時候放來聽，因爲是偶像的綜藝嘛，所以就會覺得很有趣，一點也不無聊。另外偶像的直播也可以使用同樣的方式，通常偶像直播結束幾天之後就可以重新播放，也會有中韓文字幕，這時候就可以使用上述的方式來學習。如果你比較沒耐心，也可以不用看這麼多次，只是要稍微麻煩一點，因爲V Live不能雙字幕，所以會需要一直切換。不過V Live已經於2022年12月31日結束營運，因此會轉移至Weverse。

Talk To Me In Korean （Youtube）

只要是剛踏入韓文霍格華茲大門的人，多少都聽過這個YouTube頻道。這個頻道的老師都是道地的韓國人，主題非常多元，從相似單字到實用的對話以及文法解析甚至俗諺等

內容都有，很多都是課本上不會學到的東西。這個頻道是以英文方式教韓文，所以適合英文程度不錯的人看。

Annyeong LJ 안녕 엘제이 （YouTube）

　　終於再次到了我的自肥時間，我從2017年開始經營韓文教學的YouTube頻道至今已經5年，頻道裡也有很多元化的主題，例如聽歌學韓文、偶像的名字怎麼唸、發音規則、文法、甚至各種生活化的韓文或全韓文的影片以及全韓文MV Reaction等影片，歡迎大家多多訂閱唷～

TOPIK韓檢初級必備2000單字 （App）

　　這款App是由超有趣韓文的創辦人阿敏跟雷吉娜共同開發的，算是少數背單字的App中非常療癒的一款單字App，因為畫面會有阿敏老師養的貓阿瓜，然後可以透過背單字通關的方式增加道具來設置客廳或房間的擺飾，整體來說不會讓背單字這件事變得很無聊，而是像在玩療癒系手遊一樣，一邊背單字一邊玩遊戲，非常推薦給初學者使用！

HiNative （App）

　　這是專門可以解答各式各樣韓文問題的App，設置好自己想學習的語言後，有很多選項可以選擇。你可以將自己的文

章丟上去讓韓國人批改、也可以把自己的語音檔案丟上去讓韓國人糾正你的腔調，或者是有你想知道的單字或句子怎麼說也可以放上去。其中我個人最喜歡的功能就是區分相似單字以及文法，會有很多熱心的韓國人幫忙解答，當然有時候解答的正確度不一定是100%，但再搭配Google或Naver的話，基本上自學中所有的困擾都可以一併解決。

12.Teuida（App）

這是非常適合初學者練習口說的App，自學者在口說最大的困擾就是沒有練習的對象，這一款App專門針對這個痛點研發，讓你可以跟著情境練習口說。操作頁面非常清晰簡單，以單元來做區分，可以根據自己的韓文程度做選擇。每個單元都有不同的情境與韓文對話，可以體驗跟韓國人對答，並且使用AI分析發音精準度，讓你可以重複練習跟修正。情境對話的句子也都非常實用。

Bada（App）

Bada是透過影片方式來讓使用者學習韓文，適合喜歡用影片來學習韓文的學習者。裡面有很多精選的影片片段，都有中韓雙字幕，也會附上單字文法說明，也有練習題能夠練習，算是很適合迷妹學習的一個App。

書籍推薦

精準掌握韓語發音

楊書維、謝亦晴著，EZ叢書館

本書算是目前市面上少見非常專精的發音學習書，書中精準講解每個子母音的發音位置、發聲方式，搭配圖片更淺顯易懂。除此之外也整理了韓文令人頭痛的各種音變規則，連每個學韓文的人最困擾的語調問題，也非常精細的整理出來，非常適合初學者或已經學過40音、想要仔細更正自己的發音或了解韓文語調的人來閱讀。即使是我自己，重新閱讀以後也對發音有更深入的了解，有助於日後的教學。

我的第一本韓語文法

安辰明、李炅雅、韓厚英著，國際學村

比較像是文法字典的編排方式，把相似的文法都編排在一起，總計 24 個單元、107 個文法。文法說明詳細，也會比較相似文法之間的差別，適合自學者拿來當作字典使用，缺點就是練習題偏少，比較無法做到扎實的練習，建議搭配《大家的韓國語系列》一起學習。適合初學者使用。

我的第一本韓語文法 [進階篇]

閔珍英、安辰明著，國際學村

進階篇共計 26 個單元、收錄 93 個文法，比起《我的第一本韓語文法》，增加了依樣造句的練習部分，適合中、高級的學習者使用。文法的說明比起《我的第一本韓語文法》更加詳細，而且新增韓文解說的部分，可以同步對照中文翻譯，藉由韓文的方式去理解中高級的文法。缺點一樣是練習題偏少，建議搭配其他教材一起使用。

我的第一本韓語文法 [高級篇]

安辰明、宣恩姬著，國際學村

這本書算是《我的第一本韓語文法》系列的最高級，推薦給高級的學習者使用，編排方式如同前面兩本一樣，多了非常多高級的文法，一樣也是有詳細的文法說明、文法比較，但是練習題一樣偏少，同樣建議搭配其他教材一起使用。

最輕鬆好背的衍生記憶法・
韓文單字語源圖鑑

阪堂千津子著，采實文化

說到要背單字就覺得頭痛？常常覺得背單字很難？這本書所教導的語源衍生記憶法，包含了韓文中漢字詞、固有詞以及外來語三大部分，利用語源的衍生記憶法能夠順藤摸瓜學到更多的韓文單字，在了解語源的意義之後也可以精確理解單字的意思。可以提升背單字的效率，適合當作單字的補充教材使用。

大家的韓國語 I、II

金旼志著，瑞蘭國際

算是入門時最多人推薦的學習書，尤其對自學者來說非常友善。我自己初學韓文的時候也是以這本書為主。內容以7個階段的安排編排循序漸進，單字文法聽力會話一個都不少，以淺顯易懂的方式講解文法，搭配大量的造句練習以及練習本，學習得非常扎實，就算是自學者，也不會因為沒有老師而無法得到解答。同時也附贈 CD 可以跟著聽。另外可以同時搭配《我的第一本韓語文法》，學習效果會更好。唯一的缺點就是這套書目前繁體中文僅出到初級，如果使用這本書當作初級教材，後續會需要另外選擇銜接教材。

跟韓國人聊不停2
跟著水晶老師365天學韓文

魯水晶著，三采文化

這是一本設計每天都學單字跟句子的超實用學習工具書，總共1100個單字、500個常用短句片語、120分鐘的完整發音示範。一天3個單字、2-3個句子幫助你學習生活中超級實用的各種單字句子，同時也會補充節日相關的文化知識，每天輕鬆背單字跟句子，累積365天積沙成塔會很有成就感！

史上最強韓語文法

李昌圭著，國際學村

這本書收錄了大約200個韓文文法，算是一本收錄滿詳盡的文法工具書，內容編排非常清楚、淺顯易懂，除了文法之外，也包含了詳細的發音規則，適合各級數的學習者使用。

寫過就不忘！
韓文自學達人的單字整理術

楊珮琪（77）著，采實文化

除了前一本推薦的語源背單字方法之外，這也是我大推的一本書，我跟作者77認識的緣分算是非常奇妙，追蹤我的人應該知道緣分怎麼來的，但我還是硬要再說一次（笑）。事情是這樣的，某天我想要搜尋志祺77，但一直想不起來帳號，只記得帳號名有77，我就這樣輸入IG搜尋，結果就跑出「77的韓文筆記」，沒想到給我發現一個寶藏帳號啊！同樣身為自學的人，77非常擅於整理單字，因此在本書中教大家如何製作自己專屬的單字筆記，包含主題式單字、如何查詢，以及如何培養寫筆記的儀式感跟寫出漂亮又容易記憶的單字筆記，絕對是大家背單字時的一本好用的工具書！

第三章
實用的韓文追星用語

저는 대략에서 은 팬이에요

踏入迷妹的世界之後，才發現這世界非常的神奇，有各種非常多的迷妹術語，像是什麼入坑、脫飯、休坑、回歸、初放、末放等，簡直就像練習魔法一樣的專業術語，因此以下分享給大家常用的一些迷妹術語。

常見的迷妹術語

팬덤 飯圈：來自於英文fanastic＋dom的縮寫。

덕후 追星族：源自於日本的「御宅族otaku」，只對任何事物狂熱的粉絲都可以用這個字。假設自己是漫畫愛好者，就可以說自己是 만화 덕후；如果是唇膏狂熱者，就可以說 립스틱 덕후。

빠순이 迷妹：這個字是由 오빠的 빠加上 순組合而成，순這個字在比較早期的時候，女生取名很常用，因此結合在一起，빠순이就成爲了迷妹，也可以簡稱순이。

빠돌이 迷弟：相對應 빠순이的稱呼。

덕질 追星：由 덕후的 덕加上 질（加在表示行爲的字後面表示其行爲）結合而成，意思指追星這件事。

덕통사고 飯通事故：源自於 교통사교（交通事故）一詞，把第一個字換成 덕，意即入坑像是交通事故一般碰撞就發生了。

입덕 入坑：這個字是由 입（漢字爲進入的意思）加上 덕，意思即爲入坑，也就是成爲了粉絲開始追星。

입덕영상 入坑影片：看了之後便入坑開始追星的影片。

덕메 飯圈好友：덕질 메이트（mate），一起追星的朋友。

휴덕 休飯：휴一字來自於 휴가（休假），指暫時休息中不追星的粉絲。

탈덕 脫飯：탈一字來自於 탈퇴（脫離、脫出），指離開飯圈不再追星。

초덕 新飯：剛入坑不久的粉絲。

성덕 成功的粉絲：성공한 덕후的縮寫，意思是成功的粉絲，意思就是親眼見過偶像本人並且跟偶像交談或拍照獲得簽名等的粉絲。

올팬 團飯：整個團體的成員都喜歡，沒有最特定喜歡的某個成員。

안방수니 螢幕飯：안방是室內的意思，수니則是來自於빠순이的縮寫，也就是只在家追星，從不參加任何真實活動的追星族。

갠팬 唯飯：개인팬個人飯，團體中只喜歡某一特定成員的粉絲。

악개 毒唯：악성 개인팬 惡性個人飯，指團體中只喜歡特定某一成員，但會對其他成員進行攻擊、造謠、詆毀等行為的粉絲。

까들 黑粉：意思即為안티팬（anti fan）。指不喜歡某個演藝人員，卻會關注並且留下惡意評論的人。

사생팬 私生飯：侵犯偶像隱私權、打電話騷擾或是在偶像家附近等待，甚至企圖闖進偶像家中的恐怖粉絲。

머글 麻瓜：完全不追星的普通人。

일코 假裝是路人：일반인 코스프레（一般人Cosplay），本身是迷妹，在他人面前卻假裝自己不是。

덕밍아웃 粉籍出櫃：由덕후（追星族）＋커밍아웃（Coming out）組合而成的單字，意思為公開自己是某人或某團體的粉絲。

덕계못 本命魔咒：덕후는 계를 못탄다的縮寫。계를 타다是指「很好運」的意思，因此계를 못 한다則為相反詞，意思就是迷妹在購買周邊抽小卡時，永遠抽不到自己最喜歡的成員，或者是看演唱會等時，成員很少來自己的座位區等，就是運氣很差的迷妹啦！

어덕행덕：어치피 덕질할 거 행복하게 덕질하자的縮寫，意思爲「反正要追星，不如幸福地追星吧！」迷妹們，追星本身應該是一件幸福快樂的事情，所以切記追星不快樂的時候就失去意義啦，學韓文也會變得沒有方向喔。

최애 本命：團體中最喜歡的成員。

차애 副命：團體中第二喜歡的成員。

구언니 / 구오빠 舊愛：以前喜歡的偶像。

홈마 站姐：專門使用專業相機、器材拍攝偶像的人稱之爲站姐。通常這些站姐會在推特上傳高畫質版的照片或影片，韓流能夠成功向外擴展，站姐所拍攝的飯拍影片通常也是推手之一。

직캠 直拍 / 飯拍：站姐或官方所拍攝的成員團體或個人的表演影片。

대포 大砲：站姐的長鏡頭相機。

플미충 黃牛：프미리엄（Premium）충（蟲）的縮寫，以高價販售演唱會門票或是相關周邊的人。

플미 黃牛票：프미리엄（Premium），高出標準票價數倍的演唱會、見面會門票。

음원 音源：偶像或歌手所發行的數位版歌曲。

스밍 刷音源：스트리밍源自英文的streaming，指音源發行之後，努力幫偶像或歌手多聽音源的動作。

총공 總攻：粉絲集中支持偶像的活動。

음원 총공 音源總攻：爲了讓音源進入排行榜而做出的刷音源行爲。

진입 入榜：音源進入音源排行榜。

초동 初動：指首週唱片的銷售量統計。

예판 預售：예약 판매預先購買的縮寫。

쨀쨀이 推特：由於推特的圖案是一隻小鳥，在韓文中쨀쨀是麻雀或小鳥的叫聲，因此以這個來代替推特。

트친 推友：트위터 친구的縮寫，推特上的朋友。

컴백 回歸：英文的Comeback，指藝人發行作品開始活動。

공카 官咖：공식 카페官方Cafe的縮寫，韓團或韓國藝人通常都會有所謂的官方Cafe，有點類似粉絲後援會，官方會在裡面公告相關訊息，也有版位可以讓粉絲留言等。

버블 泡泡：由官方製作，粉絲購買後，偶像可以親自發訊息給粉絲。

공방 公開放送：也就是공개 방송（公開放送）的縮寫，通常指偶像或是歌手回歸之後，上音樂節目打歌的活動。

첫방 初放送：第一場的打歌節目。

막방 末放送：最後一場的打歌節目。

사녹 預錄：也就是사전 녹화（事前錄製）的縮寫，通常音樂節目的打歌，表演舞台都是預錄的，但播出時會是以直播的方式播出。

생방송 直播：생방송漢字為「生放送」，就是「直播」的意思。

본방사수 本放死守：본방漢字為「本放」，意即第一次播出。사수則是「死守」的意思，就是指拚命也要準時收看第一次的播出。

재방송 重播：재방송漢字爲「再放送」，意即「重播」的意思。

킬파：킬링 파트Killing Part的縮寫，即爲歌曲或編舞中最吸引人的部分，

팬사 簽售會：팬 사인회粉絲簽名會的縮寫。

영통팬사 視訊簽售：영상통화 팬 사인회視訊簽售會的縮寫。

티켓팅 搶票：源自英文的ticketing，指演唱會搶票。

포도알 座位圖：포도알原意是「葡萄粒」，因爲韓國演唱會搶票的時候，可以點選的位子都會是紫色的，因此被稱爲葡萄粒。

콘서트 演唱會：外來語Concert。

새우젓 魚池：也就是我們所說的搖滾區，새우젓 原意是「蝦醬」，因爲演唱會現場通常燈光不會太亮，在搖滾區的人都會是一群一群，因此就用새우젓這個字來稱呼搖滾區的人。

올콘 出戰全部演唱會：All Concert的縮寫，表示偶像或是歌手的演唱會全數都有參加。

단콘 專場：단독콘的縮寫，단독是「單獨」的意思，因此這裡指的是只有偶像團體或歌手本身自己的演唱會而不是拼盤。

앙콘 安可場：앙코 콘서트安可演唱會的縮寫。

막콘 末場：마지막 콘서트 最後的演唱會的縮寫，通常指巡迴演唱會的最後一場。

집콘 在家看線上演唱會：집是「家」的意思，這是在疫情後新產生的詞，也就是在家看的演唱會，因爲疫情的期間，多半不能舉辦線下演唱會，轉而發展爲線上演唱會，大部分人都是在家裡看線上演唱會，因此延伸出這個新單詞。

해투 海外巡演：해외 투어 海外tour的縮寫。

굿즈 周邊：源自於英文的Goods，如果是官方周邊則在前面加上공식（官方）即可。

렌티큘러 3D小卡：源自英文lenticular，不同角度會有不同照片變化的小卡。

포카 小卡：포토 카드（photo card），「小卡」的意思。小卡是韓團專輯裡特有的文化，他們會出隨機的小卡，因此有很多專門搜集小卡的人。

탑로더 卡套：用來保護小卡的塑膠卡套。

시그 SG：Season Greeting的縮寫，每年偶像都會出的年曆寫眞加DVD稱之為SG。

응원봉 手燈：응원봉完全是漢字「應援棒」的意思，這個比較容易理解，這也是韓團應援文化中的一環，每個團體都有專屬的應援棒，加上現在藍牙科技非常發達，除了線下演唱會以外，線上演唱會也可以連接藍牙控制應援棒變色。

출근길 上班路：偶像或歌手前往打歌節目的時候，通常會在電視台門口有一個區塊給媒體或粉絲拍照，稱之爲上班路。

퇴근길 下班路：偶像或歌手錄製完打歌節目以後的下班路程稱之爲下班路。

공항 패션 機場時尚：偶像出國時在機場的穿著打扮。這也是迷妹們常常關注的焦點，因爲透過機場時尚，眼尖的迷妹大隊會查出偶像們穿的衣服是什麼品牌，然後迷妹們就會想辦法get同款。

조공 朝貢：粉絲送禮物給偶像／歌手／演員。

역조공 逆應援：偶像／歌手／演員反過來送禮物給粉絲。

떡밥 物料：原意是魚餌，這邊指的是官方所放出來的新預告，或是一些偶像的相關綜藝節目、打歌舞台、活動等。

현망진창 現生混亂：현실생활이 엉망진창「現實生活亂七八糟」的縮寫，指追星太過頭導致自己的現實生活亂七八糟。這邊還是要提醒大家，追星雖然使迷妹快樂，但還是要在自己的能力範圍內追星，也記得不要影響到現實生活喔。

實用的追星韓文用語

　　迷妹追星的時候，常常會想著如果有一天見到偶像到底應該要說些什麼，又或者是想寫信給偶像但不知道怎麼表達自己內心的想法，因此以下列出常見且實用的40個追星句子大家參考，以後不管是直播留言、IG留言甚至是寫信給偶像，這些句子就可以派上用場啦！

　　以下出現오빠／언니稱呼，都是以女生為主使用的唷！

★저는 대만에서 온 팬이에요.
我是台灣來的粉絲。

★대만에 와서 콘서트 해 주세요.
請來台灣開演唱會吧！

★사인 좀 해 주세요.
請幫我簽名。

★노래를 잘 듣고 있어요.
我有好好地聽了音樂。

★영화 / 드라마를 잘 보고 있어요.
我有好好地看了電視劇／電影。

★언제나 응원할게요.

永遠都會為你應援的。

★이번 앨범이 진짜 최고예요.

這次的專輯真的是最棒的。

★앞으로도 좋은 음악을 기대할게요.

以後也會期待好音樂的。

★밥을 잘 챙겨 먹고 건강하세요.

要好好吃飯，健健康康的。

★아프지 마세요.

不要受傷了啊。

★오빠 / 언니 / _____（名字）의 웃음 때문에 행복을 느꼈어요.

因為歐巴 / 歐膩 / _____的笑容感覺到幸福。

★나중에 기회가 있으면 푹 쉬세요.

以後有機會的話一定要好好休息。

★제가 오빠 / 언니 / _____（名字）의 희로애락 같이 지낼게요.

會陪伴著歐巴 / 歐膩 / _____一起度過喜怒哀樂的。

★오빠 / 언니 / _____（名字）윙크 해 주세요.

歐巴 / 歐膩 / _____，請對我眨眼吧！

★오빠 / 언니 / _____(名字) 손 하트 해 주세요.

歐巴 / 歐膩 / _____請對我做手指愛心。

★오빠 / 언니 / _____(名字) 많이 힘들죠.

歐巴 / 歐膩 / _____很辛苦對吧？

★오빠 / 언니 / _____(名字) 보고 싶어요.

歐巴 / 歐膩 / _____想念你了。

★우리 오빠 / 언니 / _____(名字) 최고예요.

歐巴 / 歐膩 / _____是最棒的。

★몸짱이에요.

身材最棒了。

★우리 오빠 / 언니 / _____(名字) 심장폭행죄로 고소
할 거예요.

歐巴 / 歐膩 / _____我要用心臟爆擊罪起訴你！

★오빠 / 언니 / _____(名字) 의 건강이 제일 중요하기
때문에 밥을 잘 챙겨 먹어야 해요.

歐爸 / 歐膩 / _____因為健康是最重要的所以要好好吃飯喔！

★언제나 오빠 / 언니 / _____(名字) 의 옆에 있을게요.

會永遠在歐爸 / 歐膩 / _____身邊的。

★오빠 / 언니 / _____(名字) 때문에 매일 매일 행복하
게 살고 있어요.

因為歐爸 / 歐膩 / _____每天每天都過得很幸福。

★오빠를 / 언니를 / _____（名字）알게 된 게 정말 큰 행복인 것 같아요.

能夠認識歐爸 / 歐膩 / _____真的是最大的幸福了。

★오빠가 / 언니가 / _____（名字）저에게 진짜 소중한 사람이에요.

歐爸 / 歐膩 / _____對我來說真的是很珍貴的人。

★오빠는 전세계의 가장 멋진 사람이라고 생각해요.

歐爸是我認為世界上最帥氣的人。

★언니는 전세계의 가장 아름다운 사람이라고 생각해요.

歐膩是我認為世界上最美麗的人。

★오빠가 / 언니가 / _____스트레스를 많이 받지 말고 행복하게 잘 지냈으면 좋겠어요.

希望歐爸 / 歐膩 / _____不要承受太多壓力，能夠幸福地過日子就好了。

★오빠가 / 언니가 / _____제 생활에 기쁨하고 힘을 주는 중요한 부분이에요.

歐爸 / 歐膩 / _____是我生活中很開心而且給我力量的重要一部分。

★이렇게 좋은 곡을 써 주셔서 진찌 고마원요. 저에게 많이 힘을 줬어요.

謝謝你寫出這麼好的歌曲，給了我很多的力量。

★오빠 / 언니 / _____의 모든 걸 다 좋아해요.

我喜歡歐爸 / 歐膩 / _____的一切。

★제 힘을 돼 주셔서 고마워요.

謝謝你成為我的力量。

★앞으로도 꽃길을 같이 가자!

以後也一起走花路吧！

★우리도 오빠 / 언니 / _____의 힘이 됐으면 좋겠어요.

希望我們能夠成為歐爸 / 歐膩 / _____的力量。

★늘 이 자리에서 오빠를 / 언니를 / _____지켜줄게요.

永遠會在這個位子守護歐爸 / 歐膩 / _____的。

★오빠 / 언니 / _____하고 우리는 같은 하늘 아래 있어도 만날 수 없지만, 오빠를 / 언니를 / _____믿고 영원히 여기 있을 거예요.

雖然歐爸 / 歐膩 / _____和我們在同一個天空下卻無法見面，但我們還是會相信歐爸 / 歐膩 / _____並且永遠在這裡。

★오빠 / 언니 / _____같은 사람은 오빠 / 언니 / _____밖에 없어요.

像歐爸 / 歐膩 / _____一樣的人只有歐爸 / 歐膩 / _____了。

★세상을 멈춰도 우리 여기에 있으니까, 걱정하지 말고 하고 싶은 걸 다 하세요.

就算世界停止我們也會在這裡，不要擔心就做想做的事情吧！

★시간이 흘려도 오빠를 / 언니를 / ＿＿＿영원히 기억할
게요.
　就算時間流逝，我也會永遠記得歐爸 / 歐膩 / ＿＿＿的。

★오빠 / 언니 / ＿＿＿있는 곳에 우리가 있을게요.
　歐爸 / 歐膩 / ＿＿＿在的地方就會有我們。

PART 3
韓文有什麼難
↓
學習心法、突破卡關、
心路歷程

第一章
韓文有什麼難？

　　說到韓文有什麼難喔，回答這問題真的是要來唱一首「我一言難盡，忍不住傷心，衡量不出愛或不愛之間的距離～」（好了，請適可而止）。雖然說韓文的40音基本上是學會了就可以拼讀，但當你開始拼讀了才會發現：欸？怎還有音變規則？字面上的字跟唸出來的聲音怎麼不一樣？不是說韓文是世界上最有系統、最簡單的語言嗎？但事情可不是我們想像的那麼簡單的。

韓文真的很難嗎？

　　在我最常被問到的問題中，「韓文難嗎？」可說是排名Top 10。開門見山地告訴大家，「韓文很難。」即使到了現

在，我還是覺得韓文真的有滿多很難的地方，尤其是有很多相似文法，在不同的情境下必須使用不同的文法。同樣是在表達「因為」，韓文就至少有7、8個文法，而且情境跟使用方式都不同。再加上又到了中高級，有滿多文法沒有直接對應的中文，而是一種語感上的表達。級數愈高，愈會覺得自己以前學的東西怎麼好像都要打掉重練，所以這對我們外國人來說真的是會覺得，啊～～～～到底為什麼有這麼多相似文法，搞得霧煞煞。

另外韓文的文法結構也跟中文截然不同，因此當我們在使用時，很容易會出現所謂的中式韓文，這也是學韓文常見的問題之一，所以我們必須時時刻刻提醒自己要以韓文腦的方式來學習，以韓文的方式去理解，才不會導致一口中式韓文讓韓國人聽不懂。

每個語言都有它形成的文化原因，雖然很難，但我相信迷妹們的終極目的是為了聽懂偶像說什麼。迷妹們也知道我們其實是非常勵志的，外界很常誤解我們只會追星，但其實為了追星，我們可是什麼技能都可以學會，所以自學韓文去了解那些相似文法、情境差異，對我們來說只要有毅力、興趣跟成就感，那就不會是難事。

韓文的學習心法

　　我經常被問「學韓文有沒有什麼快速的方法」或「韓文要學多久才可以完全學完」，第一題我一律回答：「沒有什麼一步登天或是一下子就達到目標的方法。」至於第二題，我每次都回答「永無止盡」，因為真的到現在我都還是在持續學韓文，即使我在日常生活中的應對基本上已經沒什麼問題了，還是覺得有好多新的韓文知識可以學習。如果要說學習韓文有什麼獨家心法，只有穩扎穩打才是唯一的重點，其中有兩件事情非常重要：「不要害怕錯誤」跟「自己做筆記」。

不要害怕錯誤

　　在東方教育系統中，很少會教育我們「不要害怕錯誤」，但其實這在學語言的路程上是一個很重要的秘訣。既然不是我們的母語，那麼出現錯誤絕對是再正常不過的事了。其實不犯錯反而不知道自己是否正確，真正的重點在於，犯了錯誤之後如何去學習正確的知識跟改正，這樣語言能力才會愈來愈進步。試想，我們看偶像的紀錄片幕後花絮，不管是他們唱歌還是練舞，都一定有出錯被舞蹈老師或歌唱老師糾正的時候，這時候偶像會怎麼做？他們會放棄嗎？不會，他

們會一直練習到正確爲止，所以請不要害怕，勇於面對錯誤吧！

我是一個很喜歡開口說的人，就算我知道自己有可能會出錯，還是只要有機會就開口說。有次鬧了一個很有趣的笑話，我跟一個韓國朋友一起去吃飯，當時我有點小感冒、些微咳嗽，朋友問我還好嗎，我就脫口而出說「감기에 걸려서 김치가 자주 났어요.」（因爲感冒了所以辛奇一直跑出來）。韓國朋友整個笑到不行，我才發現自己把기침（咳嗽）講成김치（辛奇）了。雖然鬧了笑話，但是從此以後我對於咳嗽這個字記憶超級清楚，完全不會再忘記它到底怎麼拼。其實出了錯反而會讓你對正確答案更加印象深刻，所以請不要害怕出錯，反正我們學的本來就不是母語，出錯是理所當然的吧？

當你發現自己在學習韓文時出現了錯誤，請不要氣餒，先去找出自己爲什麼出錯，然後找到正確的答案。有時候如果對答案有疑問，都可以利用前面所介紹的各種工具輔助去找到答案，當然在最好的狀況下是有韓國人可以解答。但大家也要謹記一點，有時候韓國人也不見得知道最正確的答案，所以如果身邊有韓文比自己好的人，也不要害怕去請教他們。現行教育體制很容易讓我們認爲，請教別人好像會有一種自己很不足，或是有一種拉不下臉的感覺，但其實這些觀

念都要拋開，在學習韓文的路上才能夠更順暢。

　　我並不認為自己的韓文到超級好的程度，相反地還有很多需要進步的空間，但我在學習路上很敞開心胸的面對「錯誤」這件事。錯誤了就訂正，錯誤了就去找正確答案，即使我到了現在，還是會有出錯或不知道解答的時候，這時候我通常會去請教韓文比我好的人。這邊我不得不提到77（楊珮琪），如果有追蹤不少韓文帳號的人應該會認識她，前面我也推薦過77的書。77的韓文程度比我好，而且我經常問她問題，她也會很有耐心地回覆我或跟我一起討論，所以其實我滿慶幸自己能夠認識77，在我仍然持續的韓文道路上又多了一個能夠協助我的人。

自己做筆記

　　我們在學習時，大腦如果沒有經過歸納整理跟重複記憶的過程，不管課本上面寫得多麼清楚明瞭，其實都無法將這些知識真正變成自己的。大家試著回想我們以前在學生時期，或者你現在就是學生（怎麼感受到年齡的差距？），你在讀書的過程中是不是常常會需要做筆記來幫助自己理解？如果你是不需要做筆記的天才，那麼我只能說你很幸運。但大部分的人都是需要透過這一步來把知識變成自己的，最重要的一步就是要「做筆記」。

　　偶像們在當練習生時，不管是唱歌、跳舞、表情、甚至於各種練習課程，都必須學習技巧之後把那些東西變成他們自己的，才能夠唱出屬於自己的風格的歌、跳出屬於自己風格的舞蹈，所以我們做筆記其實是一樣的概念。

　　那要怎麼做筆記呢？首先當你熟讀並且消化完課本上的一個文法之後，可以假設現在你自己是一個老師，要向學生解釋這個韓文的文法，試著用自己的方式解釋這個文法的用法、情境甚至於是可能與它類似或者是要特別注意的地方。當你嘗試解釋過一遍，如果發現自己有所遲疑或是有解釋不出來的地方，那可能表示你對這個文法的熟悉度還不夠，你必須重新回去再讀一次這個文法。那麼如果你成功順利地解

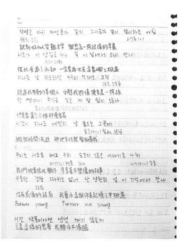

釋了這個文法之後，請把你剛剛解釋的內容，以自己能夠理解的方式寫下來，變成一個專屬的文法筆記本，這樣日後你對於文法有任何問題時，都可以再一次打開自己的文法筆記來閱讀，因爲是你經過消化整理歸納出來的筆記，因此你會更加印象深刻。

　　以上兩個學習的心法，其實稱不上是什麼超級大秘訣，卻能夠在你學習韓文的路上帶來很大的幫助。只要記得這兩個心法，學習韓文其實一點都不困難。

第二章
熱忱──
學韓文的道路上
最簡單也最困難
的東西

　　迷妹剛開始學韓文時，一定都是信誓旦旦地覺得，「為了聽懂偶像在說什麼，不顧一切困難我也要學會韓文，而且有偶像陪伴，一定可以克服困難！」但是真正踏上韓文的霍格華茲之後就會發現：課本打開不到10分鐘，欸怎麼腦袋就開始昏昏沉沉，欸怎麼突然就進入夢鄉了？要不然就是上班上課累得要死，一回到家就只想躺在床上耍廢，讀韓文？明天再說好了啦！漸漸地就會覺得，啊沒關係啦，直播看不懂就稍微等一下中字嘛，反正偶像也不會真的出現在我面前，啊真的出現的時候，只要會說「오빠 사랑해!!」（歐巴我愛你!!）就好了啊，學到這句很重要的就可以了啦。韓文喔，不用那麼認真讀也沒關係啦。

為追星而學韓文很膚淺嗎？才不會！

　　其實每個人在最一開始時都能量滿滿，卻不是每個人都能夠一直維持這股熱忱。在我分享如何維持學韓文的熱忱之前，大家要先想一個問題，「你為什麼要學韓文？」

　　通常想學韓文的第一種人，也是最大宗的迷妹／迷弟，因為想聽懂偶像說什麼而開始產生學韓文的心；第二種人則是單純喜歡韓國文化，想深入了解韓國風俗民情；第三種人的比例就偏少一點，是因為工作而需要。而身為第一種人，也就是迷妹的我們，卻很常會被周遭的人懷疑只因為追星就學韓文，真的能夠學會嗎？真的能夠持續到最後嗎？只因為追星就學韓文，這個理由會不會太膚淺等。

　　但是大家仔細想想，在我們的教育體制下，學第二外語通常只是一個科目選項，卻不是出於興趣，所以只要有一個興趣、一個動力是能夠讓我們願意主動去學習，那麼這個理由怎麼會膚淺呢？因為有興趣而開始學習，才能夠走得長久啊！不過當我們因為興趣而開始學韓文的時候，就會通往韓文的霍格華茲，然後你來到這裡之後你才會發現，韓文的霍格華茲有無數道門，打開了一道還有一道，無窮無盡啊……

　　所以在此要請大家思考一下，如果有一天，當你開始減少追星、甚至是不追星的時候，你還會有動力繼續學韓文嗎？

講到這裡，一定有很多人會覺得，「才不可能呢，迷妹一天入坑就終身入坑！一輩子都會追隨我們家偶像的！」但是這個世界上呢，很多事情是很難預料的，未來的事情也很難說。就像我剛開始經營YouTube頻道時，一開始大家對我的印象大概是一個很正經八百分享韓文的YouTuber。誰知道2018年會因為偶像的腹肌，讓我走入了這條荒唐歪路一去不復返。不管是YT還是IG，影片中的例句總是少不了腹肌，只要看到腹肌的例句，不用想那就是我本人寫的，謝謝！

　　常常會有人問我，學韓文的過程中有沒有想過要放棄？其實我從2015年開始認真學韓文，雖然遇到了很多困難，但是真的都沒有產生要放棄的念頭，可能是因為我真的很喜歡這個語言吧！再不然我可能上輩子是韓國人轉世，孟婆湯沒有喝乾淨，停留在潛意識裡（喂）。不過當然也是有低潮的時候，但其實沒有持續太久。

這樣做，熱忱永不熄滅！

所以到底維持學韓文熱忱的方法是什麼呢？

1.夠喜歡韓文

夠喜歡韓文，只要你夠喜歡韓文，任何困難、挫折你都會想辦法去克服解決。但是聽起來很抽象對吧？到底什麼叫做夠喜歡韓文呢？那就是會想把瑣碎的時間都拿來學韓文。

常常有人覺得自己時間很不夠，沒辦法好好學韓文，但其實並不是一定要每天都坐在書桌前苦讀7、8個小時才叫作學韓文。每天利用通勤的時間背個單字，或是花個10-20分鐘造句，聽一首韓文歌記單字等，這些都是在學韓文。或是覺得無聊時，就挪一點時間出來學韓文，然後把韓文融入你的生活中，讓韓文自然而然成為習慣。接觸任何跟韓文有關的人事物，包含偶像的社群媒體、各種你喜歡的YT、韓劇等都可以是你接觸的媒介，不一定只有教科書。然後在你透過這些媒介學習的同時，就會自然養成查詢課外單字的習慣。

2.創造成就感

成就感呢，也是一個很抽象的東西，但是我們在學習的過程中，一定要給自己創造成就感，不然只會遭遇滿滿的挫

折。挫折一旦接二連三地來，很快你就會想要放棄了。大家還記得我們小時候在學習任何事物時，當我們做對，大人都會不吝嗇稱讚，當我們接收稱讚之後，就會產生成就感，對於做那件事情就產生信心。

而如何創造成就感呢？請幫自己設定目標，迷妹學韓文的終極目標一定是聽懂偶像在說什麼，可是這個目標太大了，所以請把目標更具體、更詳細地去切成區塊狀，然後再去執行，這樣要達成目標跟成就感也比較容易。假設你剛開始學基本的10個母音，那麼你的目標就是設定先學會這10個母音，然後去規畫怎麼記熟這10個母音的字母跟聲音，當你成功達成目標時，就會發現前面的辛苦都不算什麼，反而是那個達成的成就感會讓你更有動力繼續往下學習。

3.養成天天學習的習慣

既然成就感是需要被創造的，那麼養成每天學習的習慣就跟成就感這件事情息息相關。工作可以週休二日或排休，但是語言的學習，如果一天捕魚三天曬網就無法創造成就感，而且當你停止之後，語言能力消失的速度可能比流星還快。一首韓文歌、一篇偶像貼文、甚至於看一集綜藝，這些都是能夠學習的東西，即使你無法百分之百聽懂，只要能從當中學到一點點都是學習，不要小看每天一點點的累積，最終積

沙成塔的成果是你無法想像的。

4.把興趣融入學習

　　這一點對迷妹來說有極大的優勢，因為對我們來說追星就是一種極大的興趣，所以把興趣融入學習當中對我們來說一點也不難。就像前面所提到的，可以利用偶像的名字來造句，看偶像的社群媒體製作專屬迷妹單字卡等，這些都是把興趣融入學習的好方法。

5.不要跟別人比較

　　上述四點都做到了之後，最重要的就是「不要跟別人比較」。每個人學習的狀態、時間都不盡相同，有的人比較長，有的人比較短，但重要的還是持久度。欸⋯⋯我是說學習這件事（警察叔叔請先冷靜）。有的人或許學過一兩次就會，但有的人可能需要反覆學習十幾次才能夠學會，所以比較一點意義也沒有。畢竟迷妹們學韓文的初衷都是為了聽懂偶像在說什麼，即然如此，為什麼需要去跟別人比較呢？如果在學習的路上一直以別人為基準，那麼會非常疲累。迷妹們學語言是為了偶像，那麼這就是一場自己的競賽，自己有沒有進步、有沒有往前，成就感是否有達成，這才是最重要的！

6.尋找適合自己的學習方法

即使是自學，學習的方法也會因人而異。或許我背單字只需要寫過一兩次就可以記住，別人卻可能需要去運用一些主題或是聯想記憶法才能背起來，因此找到適合自己的學習模式就很重要。即便是自學，每個人的模式也都有所不同，而這個是需要靠自己去摸索、去嘗試才能找到的。當你學習的時候如果一直卡關，不妨停下來想想，是不是目前的學習方式不太適合自己，所以讓你頻頻卡關過不去呢？換一種學習方式來試試看，說不定你就會海闊天空了。

請大家務必記得，學習語言其實是一場沒有盡頭的馬拉松比賽，正是因為沒有盡頭，所以抱持熱忱才會是一件很重要的事。在這條沒有盡頭的路上，請不要忘記你為了什麼而學韓文，時時提醒自己，那麼這條無盡的道路你才能一直走下去。

第三章
卡關的時候怎麼辦？

我們學習任何新事物，剛開始時進度一定都是很平順地往上升，但到了一個時間點之後，就會開始發現自己好像停滯了。其實就很像減肥一樣，一開始都會很順利，但是突然某一天體重就停滯不前了，這時候我們往往很容易放棄。但其實卡關才是讓你重新審視自己的一個好機會，藉由以下的三個步驟，幫助你突破卡關期！

三步驟克服卡關

學語言最怕的就是遇到瓶頸跟卡關，雖然我個人在學習時並沒有想過要放棄，但遇到卡關是一定會有的，這是在任何一條學習的道路上都一定會碰到的。通常遇到卡關的時候，

我們的內心會產生厭倦、焦慮、害怕等情緒，明明很想繼續
學習下去，卻無法抑制湧上來的這些情緒。但是我告訴大
家，這都是很正常的，不用太放大這些情緒。那到底卡關的
時候應該要怎麼辦呢？

Step 1 接受自己的現狀

　　當出現卡關遇到瓶頸時，我們很容易急著為了要跨越這個
關卡而去尋找各種方法，然後出現各種情緒反應，可能會很
慌張、焦慮等。但其實在出現卡關時，第一步其實應該先停
下來、緩下來，觀察一下自己的狀況。究竟是因為產生了倦
怠感，還是不管怎麼樣努力讀書都無法突破，覺得自己的韓
文能力就是卡住了無法往前。

　　如果是倦怠感，那麼請記得一件事：任何你再喜歡的事
情，其實做久了都一定還是會出現倦怠期，不需要太慌張。
如果不管怎麼樣讀書都覺得卡關無法前進，那就暫時休息一
下吧！生活中需要休息，其實讀書有時候也是需要適度的休
息才能繼續往下學習。所以發現自己卡關的第一步，就是放
寬心接受現狀。情緒其實也會影響我們的學習效率，所以懂
得在卡關時第一步面對情緒是很重要的。

Step 2 短暫休息，不大量接觸韓文

出現倦怠或卡關時，就暫時休息一下吧！但這裡的暫時休息並不是完全放棄韓文喔。因為前面有提到，語言如果沒有常用，能力很快就會退化，所以這邊建議的休息是先暫時停下你的讀書計畫，轉移注意力去做一些其他事情，但還是保持輕鬆的方式來接觸韓文。也就是說，不讀書但可以透過滑社群軟體或聽韓文歌，看看韓劇綜藝又或者閱讀一些簡單的韓文讀物，但不需要強迫自己一定要學習、做筆記、複習等，暫時用這些比較輕鬆的方式來保持韓文的語感。這個休息的期間建議不要太長，大約一個月即可，因為時間一拖長，人與生俱來的怠惰就會拖著你愈來愈遠離學習韓文這一條路，你就會漸漸地愈來愈不想學韓文，而學習動力也會漸漸地消失殆盡。

Step 3 找出問題點加以解決

當我們短暫休息過後，還是要面對自己倦怠或卡關的問題，這個問題如果不面對、不解決，那麼我們在學習的這條路上只會原地踏步無法前進。每一個學習道路上出現的關卡都會對你的學習有幫助，就像偶像在當練習生時面對的各種挑戰一樣，休息過後唯有解決問題，你才能夠真正的突破倦怠或卡關這兩件事。

　　如果是產生強烈的倦怠，那不妨去思考一下，為什麼產生了倦怠？是學習的難度愈來愈高，所以內心開始不想學習了？還是雖然有心想要學習，但是成就感不足夠？又或者是追星的興趣不足以支撐你的學習動力呢？

　　如果是以上的狀況，建議重新審視一下自己的讀書目標是否合理以及符合自己的能力範圍。通常會產生倦怠很可能是目標在不知不覺之間變得太大了，這時候請重新切割自己的目標，讓目標合理化，也就是說讀書計畫給自己適當而且可以承受的範圍，這樣子完成目標之後，也會相對容易獲得成就感。

　　試想看看，偶像在當選了練習生以後，不管是Vocal、舞蹈還是Rap的擔當，他們也不可能一步登天的對吧？這也就是練習存在的必要性，所以他們也是一步一腳印慢慢練習起來，練習中一定也會有倦怠，但是偶像為了出道堅持不放棄，所以迷妹們為了聽懂偶像們在說什麼，也要堅持不放棄地繼續學習下去。

　　其實在學習的路上會產生卡關或撞牆期，通常表示你已經走了一段

路了才會出現這個問題。而這也表示你一開始的學習方法是有效的，但可能因爲一些因素導致了你卡關，但其實你還是走在學習的這條道路上。然而遇到的瓶頸也不等於你的學習已經達到極限，只是有可能暫時不小心走錯了路，你要重新再走一次才會繼續走回對的路上。

在第一步時，我們已經接受自己的現況，接著可以從幾個方向出發來解決卡關的狀態。

第一，「不夠自信」導致卡關。學習的過程中，隨著文法愈來愈難，很有可能在不知不覺中就會開始產生沒有自信的心態，因此這個沒有自信就成爲了卡關的其中一個因素，所以如果是因爲沒有自信而產生的卡關，那麼要做的事就是調整好自身的心態。雖然韓文很難，可是迷妹們爲了聽懂偶像在說什麼，其實是很有毅力的，我們可是能夠爲了偶像學會各式各樣技能的迷妹呢，所以多給自己一點自信心，或許你的卡關就會有所突破。

第二，「重新制定讀書計畫跟方法」。隨著級數變高、文法變難，其實學習的方法也需要有所調整，這時候初學的方法已經開始無法負荷變難的韓文，讀書計畫跟方法就要有所改變。讀書的計畫可以稍微放鬆一點，不再像初學時那麼緊湊，而重點是去眞正地了解一個文法的使用方法跟情境，然後同時搭配許多前面提到的資源做查詢、整理歸納之後寫成

自己的筆記，級數愈高也可以嘗試看看使用YouTube上很多韓國人的文法教學，不僅能夠增加韓文思考邏輯，而且用韓文去理解韓文，會比起中文更加地貼近原意，因此在理解的過程上也比較容易突破卡關的部分。

第三，「了解自己的能力」。有時候會遇到卡關，是因為文法愈學愈多之後，反倒愈來愈不了解自己的能力到什麼程度而卡關，只有知道自己的能力，才能看清楚為什麼卡關。

因此可以試著參加韓文檢定，或寫考古題了解自身的能力。有了一個判斷的依據，就更容易看清楚自己為什麼卡關，也更能夠了解目前自己的能力和目標有多少差距，也能從這個結果去理解到自己的弱點跟卡關的原因，再根據上述的結果去逐一攻破這些卡關的點。

例如當你寫完了考古題之後發現自己的聽力非常弱，那麼這部分就是你卡關的地方，因此就針對聽力做加強練習，處於卡關期要剛開始突破的時候絕對沒有那麼快，這是我們必須意識到的，所以相對地要傾注更多的耐心去突破關卡，只要持之以恆，你就會慢慢發現卡關的感覺會消失，你也就可以成功突破卡關了。

我的韓文學習心路歷程

在Part 1提到，我在2010年就接觸韓文，到了2015年才開始認真學韓文，其實一直到今天我仍然還是在學習韓文，這一路上雖然我從來都沒有放棄過，但是也遇到過低潮跟卡關。

起初在2015年我學習得非常認真，因為當時野心勃勃，加上自學也有一些成果，所以成就感非凡，前面的一年多我其實衝得非常快，在2016年我就通過韓檢二級了。但是過了二級之後，發現中高級開始根本是一個超級大鴻溝，文法、字彙的難度都大幅提升，馬上就迎來了第一個卡關，因為這時候開始有很多文法根本沒辦法有直接對應的中文，都是語感上的差別。

其實到這裡突然讓我有點挫折，因為我覺得怎麼之前學得很順利卻突然變得難以理解，甚至有時候反反覆覆看著書本好多次，都還是覺得怎麼無法消化或理解。剛開始會非常非常鑽牛角尖，覺得一定要把這些文法都搞懂才行，但後來發現其實這樣對自己沒有太大的幫助，反而增加了更多的壓力。正因為自己遭遇過，所以前面我才會提出，卡關的時候先面對自己的情緒，休息一下再回來也沒關係。真的有一直不懂的文法，其實也不用太執著在那個文法上，甚至可以先

跳過去，過一陣子再回來學習都沒有關係。

　　中級碰到的第一個卡關，我靠著前面陳述的處理卡關的方法成功突破了，但是隨著級數進到了高級，低潮卻出現了。這時候的我怎麼樣都不想要觸碰韓文，開始思考我學習韓文的意義到底是什麼？我每天都花時間在這裡讀書，為的到底是什麼？這段時間裡，我其實覺得壓力非常大，因為當時我的家教教書歷程大約兩年，YouTube也已經做了3、4年了，那時候的我會想，如果我不持續地努力進步，我要怎麼教學？我要怎麼產出影片？我要怎麼讓大家信任我的頻道值得學習？

各種懷疑幾乎湧上來淹沒我，所以那時候我對韓文產生極大的抗拒，完全失去學習的動力。就算我還是有在追星，但真的一點也不想觸碰韓文，再加上偶爾會有一些批評的聲音，認為我自學不夠專業、不應該出來教書等，那一陣子我真的覺得學韓文這件事瞬間變成一種折磨，而不再有趣了。

這邊要告訴大家一個觀念，追星雖然是我們學韓文的開始，但它不是百分之百等於你的動力，就像陷入低潮的我，即使追星也無法提起我對韓文的興趣。

我一樣放任自己休息了一個多月，然後在這段時間裡靜下心來思考，為什麼會在學韓文的路上遇到低潮。其實就是在面對高級的韓文學習過程中，我變得相對太執著了，正是因為太執著，所以會漸漸忘記自己最一開始設立的目標是什麼。最一開始的目標，不就是不需要依靠任何字幕就可以聽懂、看懂偶像的任何一切嗎？

頓時找回目標的我開始覺得，其實低潮也沒有關係，人生本來就會起起伏伏，學韓文的路上也是會起起伏伏的，所以不要太過於執著。重新釐清自己為什麼碰到低潮之後，我突然又充滿信心了，然後就又恢復了學習韓文的動力，我又重拾課本繼續學習韓文。所以我想跟大家說，卡關、低潮都是學習的路上一定會碰到的，當它來的時候，我們要學會面對它。

　　其實學語言不只是一種學科，它也是興趣跟生活的儀式感。通常迷妹學韓文時，也不太會把韓文當作是一個學科，因為我們學習的最終目的並不是要考試或是要成為什麼專業韓文教師之類的，而只是要聽懂偶像說的話而已，既然是這樣的話，那就把學習韓文當作生活中的興趣跟儀式感，這樣在學習的路上會變得更輕鬆，也更不害怕挫折、卡關或低潮。

PART 4

身為迷妹

↓

如何學會用韓文思考，
也看懂韓國人的思維

第一章
被潛移默化的
迷妹人生

　　作為一個迷妹，我接觸K-POP將近13年的時間，雖然並沒有實際在韓國生活過，但是在這麼多年的追星生涯中，其實也了解許多韓國文化，加上後續結交了韓國朋友，因此對韓國文化有更近一步的認識，也默默地深受影響，而我相信追星的迷妹一定都有以下幾個經驗。

1.隨時都把韓文掛在嘴邊

　　作為一個追K-POP的迷妹，把韓文掛在嘴邊應該是很正常的一件事，例如當覺得偶像好可愛的時候、偶像很帥的時候、MV拍得很棒的時候、東西很好吃的時候……我們都很容易在各種情況下脫口說出韓文，有時候甚至會讓不是迷妹

的人覺得我們很奇怪。但這是一個很好的現象，這就是韓文腦的一種養成，慢慢的文法愈學愈多後，能夠建構的句子就會愈來愈多，能夠應用的情境也會愈來愈多。這本書會跟大家分享追星時跟日常生活中常用的句子，大家學起來就可以應用了。

2.開始習慣長幼順序

　　大家都知道韓國很重視長幼順序，而我們在追星過程中其實也不知不覺會慢慢被同化，像是我自己的追蹤者大部分年紀都是落在18-34歲這個區間，受到韓國文化的影響，通常比我小的人都會叫我姊姊，畢竟我有規定，小我10歲以下才能叫我阿姨（喂不是）。除此之外，如果剛好碰到會講韓文的台灣人，其實也會自動轉換成這個模式。像我有一群也是同樣經營韓文IG的創作者朋友們，例如阿敏、不足哥、韓文知間、海蒂、雷吉娜、雞蛋或77等，因為我年紀最長，和他們相處時如果講韓文，自然都會講半語，一種倚老賣老的概念（並沒有）。

3.喜歡吃遍各種韓式料理

　　不管是追偶像、追演員、追歌手、追綜藝，飲食文化絕對是迷妹受到的大影響之一！特別是實際去過韓國之後，每

次出門要約吃飯的時候，如果選項有韓式料理，還真的第一個都會選韓式料理。特別是近年來韓流文化的輸出，台灣也真的多了很多韓式料理餐廳或小吃，每次真的都會忍不住去嚐鮮啊。然後大家記得，如果去餐廳吃飯時有韓文菜單，這就是一個學習的機會，絕對不要錯過，萬一老闆是韓國人的話，更不要錯過可以開口的機會啊！

　　只要我知道老闆是韓國人，我就會想盡辦法找機會跟老闆或店員講到韓文，畢竟自學要練口說並不是那麼容易啊。我就曾經在一間新竹的咖啡廳因為這樣認識了一個韓國老闆，聊著聊著就變成朋友了，每次去新竹都必去找老闆聊天。不過這當然也取決於老闆或店員本身的個性啦，如果老闆或店員不願意互動的話也不用刻意。

　　這邊我就私心推薦一下新竹新豐的Wooli Cafe，老闆是韓國人，跟台灣妻子結婚之後就定居在新竹開了一間咖啡廳，飲料、甜點都有一定的水準，然後老闆非常非常健談，只要碰到會講韓文的客人，老闆都會很願意跟你聊天，住新竹的

朋友可以去試試唷！（這不是業配XD）

4.時常參與應援活動／演唱會

　　迷妹圈最經典的文化之一就是所謂的應援活動，例如偶像生日應援。近年來我們常常可以在捷運站的看板廣告看到偶像的燈箱應援，這其實就是源自於韓國的應援文化。還有咖啡廳應援，只要消費即可獲得杯套或其他應援物。所以每到偶像生日，迷妹們都很忙啊，要到處踩點應援活動。而大家在跑應援活動的時候，也可以注意一下，通常應援都會有韓文，這也是可以學習韓文的機會喔！

　　至於演唱會，身爲迷妹這是一定要的啊啊啊啊啊！這是唯一一個可以大家一起共襄盛舉同時又可以見到偶像本人的機會，所以一旦有機會來台灣開演唱會，就一定要去的！

　　甚至有機會的話，也可以飛到海外參加演唱會，體驗不一樣國家的演唱會風俗民情。我除了在台灣看演唱會以外，也曾經幸運抽到防彈少年團2019年名古屋演唱會門票，當

時參加演唱會才發現，原來日本妹看演唱會都不坐椅子，全程都站著，只有播VCR的時候才會坐下，即使是座位區也是跟搖滾區一樣的概念。

5.偶像歌曲一下就自動唸應援

「唸應援」算是韓團獨有的文化，我們會在偶像的歌曲中唸他們的名字或一些單字，所以歌曲一下就會自動開啟應援模式，而且很多時候就算真的不懂整首歌的文法，也可以輕鬆把整首歌唱出來，這其實就是我們常常聽歌的關係。所以常看常聽就真的可以把這些東西都記到腦袋裡，就算不一定知道文法，也一定可以記得幾個單字。

6.旅遊首選一定是韓國

迷韓團的迷妹們，如果要出國去玩，第一個選項想必一定是韓國吧？雖然我們有時候也會想要去很多其他的國家，但首選一定是韓國。

除了到韓國可以到處去踩點之外，還有一個很大的重點就是可以「練習韓文」。現在出國已經解禁，大家有機會去到韓國，不妨試試看練一些旅遊韓文跟韓國人對談，如果成功了，你就會獲得很大的成就感，覺得自己學韓文就是用在這一刻啊！

7.交友圈開始出現很多追星朋友

俗話說得好:「在家靠父母,出外靠朋友。」迷妹追星也是這樣的(不要亂用諺語)。

當我們開始追星之後,交友圈會慢慢出現很多也是迷妹的朋友,甚至可以一起追星追到變成無話不談的摯友,對於我這個已經33歲的姊姊來說,其實這反倒是一個很好的社交活動,大家有共同的興趣,不用害怕沒話聊,運氣好還可以交到一個摯友,你們知道出社會以後要交新朋友有多困難嗎?

8.身邊有各式各樣的官方 / 非官方周邊

追偶像,買周邊是必定的定律,尤其偶像都會出超級多周邊,每一個看了都很想買,所以迷妹的家裡一定充滿著官方或非官方的周邊,然後布置成一個自己的迷妹小天地,每天上班上課回家很疲累,或是學習韓文開始有點厭倦的時候,看著這些周邊們,就會突然又開始充滿動力,活力滿滿了。

身為迷妹,其實我們是一個很有意志力跟行動力的族群(笑),以上這些

迷妹的活動已經是我們人生的一部分。或許很多外界的人常常會誤解我們，但換個角度想，我們追星的行為大概就像很熱衷於搜集公仔，或是很熱衷於動漫的人一樣，他們也會買周邊或是有以上行為，這些都是我們的日常，而在這些日常中，我們獲得快樂之餘，也經常因為這些東西可以接觸到韓文，一舉兩得不是很好嗎？

第二章
如何用韓文思考？

　　要養成韓文腦的習慣，說起來簡單但也困難。畢竟語感很抽象，沒辦法具象化，語感是一種語言學習上的直覺，藉由你過去所學到的經驗，自然而然地說出正確且流暢的韓文。那到底要怎麼樣去運用韓文腦來思考呢？

區塊學習

　　韓文本身是一種黏著語，它的特性是透過連接在單詞後面的語尾變化來表示，因此就像積木一樣會是一塊一塊拼起來的。也是因為這樣的特性，當我們在養成韓文腦的同時，必須懂得拆開區塊來看文章，或是把單字前後搭配的語詞都一併記起來，這樣子就比較不容易出現中式韓文的情況。

以情境理解文法

前面一再提到，韓文中有很多文法是跟語感有關，很多時候它們無法直接對應到一個中文，因此這時候以情境來理解文法變成一件很重要的事。再加上韓文的語序跟中文完全不相同，我們常常會期望一定要翻譯成中文，但其實這樣做反而會讓韓文腦的養成速度更慢，所以在學習的時候，不要執著於句子的中文意思一定要完全都懂，以韓文的方式去理解它就對了。

創造韓文環境

其實學一個語言最快的方式就是直接到當地學習，因為當地有環境，當然個人是否付出努力也是其中一個重要的因素，不過這邊我們要討論的是「環境」。很多人常常會覺得，我在台灣學韓文沒有那個環境，因此韓文可能不會學得很好，畢竟不管是去補習班上課、家教，還是線上課程，都不可能有24小時的韓文環境給你學習，但其實這個環境是可以盡可能被創造出來的。大量地聽韓文歌、看韓劇、看偶像的綜藝或是接觸各種跟韓文有關的社群……這些都是在幫自己創造學韓文的環境，在我們所能盡力的最大值中去創造最有效的韓文學習環境。

多結交韓國朋友或參加交流聚會

　　由於自學者都是自己一個人學習，比較沒有機會去碰到其他人練習韓文，因此這邊推薦大家可以到臉書找一些中韓文語言交換的社團，他們都會固定舉辦實體的見面會，通常都會有韓國人出席，當然人數可能沒那麼多，但是根據我自己參加的經驗，只要你願意提起勇氣，大部分會參加聚會的韓國人都是滿願意交談的，所以多多參加這種聚會也是給自己一個環境跟創造練習韓文的機會，說不定就可結交到更多的韓國朋友喔！

　　要養成韓文腦，上述這些重點眞的要能夠活用在學韓文之中，這些看似很小的細節其實都會影響學習成果，大家記得積沙成塔，只要把上述重點都活用在學習之中，韓文實力就會慢慢愈來愈進步的！

第三章
如何看懂韓國人思維？

　　學習一種外語的時候，不單單只是外語本身，連同國家文化本身也要多加以接觸且一併學習，因為語言本身就是文化的一環，一個國家的語言使用習慣會跟那個國家本身的文化有很大的關係。

見面就問年齡

　　一般在台灣社會，我們認識新朋友的時候並不會問年齡，因為我們認為這是不禮貌的，但是在韓國社會，初次見面交換名片、問年齡卻是一件很正常的事情。因為韓文中有敬語、半語的文化，韓國人必須依照對方的身分地位、場合或是年齡來決定自己的說話方式。當然初次見面時，即使對方

比自己小也是不會使用半語的，因為半語是非常親近的人才能夠使用，因此如果初次見面就對對方說半語，可是會一秒惹怒韓國人喔。

另外這個敬語文化當中，有所謂的格式體、非格式體、尊敬型等敬語使用方式，這其實對外國人來說常常是很難搞懂的一部分，這也是因為韓國人重視長幼順序，要根據不同的對象、不同的場合選擇使用格式體，還是非格式體。格式體通常是一般正式場合，例如演講、報告、面試等場合使用，非格式體則是一般生活當中使用的。嚴格來說，非格式體敬語算是最不容易出錯的語體，基本上我們如果有機會認識韓國人，大部分都是使用非格式體這個語體來對話，除非對方很明顯年長自己很多歲，我們才會使用到尊敬型的語體。

步調快的韓國文化

相信不少人知道，韓國是一個步調非常快的國家，基於他們的民族性，凡事都講求快快快，甚至連講話都很快，幾乎沒有看過講話很慢的韓國人。這個民族性的養成某種程度跟他們在被日本殖民過後拿回了國家主權，為了讓國家更強大，要快速達成近代化目標也有一點關聯。

韓國的網速也是全世界第一，維修很快速，宅配外送速度都很快，但這種快快快的文化也有一點小困擾（？），就是

在跟韓國人聊天的時候，如果對方覺得你 재미없어（無趣）或韓文不夠好，很快就不會再跟你聊天了。正是因為韓國人這種什麼都要快快快的文化，就連聊天也都是要快快快。我剛開始跟韓國人聊天時，常常因為這樣覺得很氣餒，所以就更努力地學韓文，讓自己盡可能地能夠快速對答，甚至於多學一些很道地的韓文用法，好讓對方覺得我的韓文能力還不錯。至於無趣的部分，這就很看個人了。

「我們」的文化

同時大家也知道韓國人非常團結愛國，他們從來不說「韓國」怎麼樣怎麼樣，而是「我們國家」怎麼樣，或是 우리 아빠（我們爸爸）、우리 엄마（我們媽媽）、우리 언니（我們姊姊）、우리 오빠（我們哥哥）等。剛開始外國人可能會覺得很奇怪，明明就是在介紹對方自己的家人，為什麼要用 우리（我們）這個說法？這是因為用了「我們」會有一種很親近、跟對方拉近的感覺，所以韓國人通常都會這樣子陳述自己的家人，所以當我們在陳述自己家人的時候，也不要忘記要像這樣說喔。

這個「我們」的文化也顯現在他們吃飯的時候，大家在韓劇一定都看過，如果他們吃的是所謂的鍋物類，就是一大鍋大家一起吃的那種，他們通常沒有公筷母匙的習慣，而是直

接用自己的湯匙放進湯裡舀湯。其實第一次看到的時候會覺得有一點點文化衝擊，因為在台灣已經很少見到這種共食的習慣，會無法接受很正常。

稱呼的重要性

韓國是一個極度重視稱呼、長幼順序的國家，所以稱呼非常重要。我們常常聽到씨這個字，就是拿來加在名字後方用以尊稱對方的。除此之外更尊敬的用法則是님，常聽到的什麼사장님（社長）、팀장님（組長），這後面的님都是一種尊稱，不過這是用在比較尊敬的場合，因此一般我們認識韓國人的話，通用씨來稱呼即可。當然變得比較親近一點之後，就會改以哥哥姊姊（오빠／언니／형／누나）來稱呼比自己年長的人。

對比台灣的文化，我們幾乎很少用哥哥姊姊來稱呼周遭的人，甚至於其實不太喜歡被叫哥或姊XD，會覺得自己被叫老了（笑）。但是習慣韓國文化之後，就也開始習慣別人叫我姊姊了，除非小我10歲以下，不然都給我叫姊姊！

請客文化

韓國人基於長幼順序的文化，常常認為年長的人要多照顧年紀小的人，因此在吃飯付費上也是如此。韓國人通常聚

餐有續攤的習慣，所以基本上會在第一餐由比較年長的人結帳，續攤的時候改由另一方付帳。如果是男女生出去吃飯，不管是不是約會的場合，也通常第一攤都會是男生結帳，第二攤再由女生付錢。這個請客文化對我們來說可能會有點不太習慣，因為在台灣的習慣基本上都是分開付帳，或是由某一個人先付帳之後其他人再付錢給他。

但這也是韓國文化很重要的一環，就是一種身為哥哥姊姊或長輩要多照顧後輩的心態，我有次去韓國的時候跟一個韓國姊姊出去玩，第一攤我們去餐廳吃飯，那個姊姊就說「언니가 사 줄게」（姊姊來買單吧！），後來續攤去咖啡廳，就變成我請那個姊姊喝咖啡。然後到了台灣之後也有認識的韓國妹妹，不知道為什麼只要跟韓國人在一起，就會自動轉換成姊姊要照顧妹妹的心態，我也跟那個韓國妹妹說「언니가 사 줄게」，在文化的轉換上其實是滿有趣的事。所以有機會跟韓國人在韓國吃飯的話，千萬要記得融入這個文化啊。

無論如何都要카페

韓國是一個極度熱愛咖啡廳的民族，他們的咖啡廳數量幾乎跟我們的超商同等。不管是吃飽飯的續攤，還是平常約出門吃飯，韓國人都很喜歡去카페（咖啡廳）。咖啡幾乎可以說是他們的國民飲料了，尤其韓國人特愛美式咖啡。韓劇當

中常常出現的即溶咖啡也真的是他們的生活日常，而這個即溶咖啡的方便快速特性又符合了韓國人追求快的民族性。除了連鎖的咖啡廳之外，一般獨立的咖啡廳也不勝枚舉，我的經驗也是一旦去了韓國，去咖啡廳踩點是必定行程。

　　一般最有名的首爾咖啡廳聚集地就是在弘大的延南洞或鐘路區的益善洞，當然聖水洞也有滿多咖啡廳。韓式咖啡廳的裝潢真的都沒有在開玩笑，每一間都各有各的特色，不管是網美咖啡廳、韓屋咖啡廳、工業風咖啡廳各種風格應有盡有，去韓國的時候不要忘記來一趟咖啡廳巡禮。

喝酒是社交方式之一

除了國民飲料咖啡以外，韓國人跟酒這個字絕對是緊密連結在一起的。在韓劇中大家應該都看過各式各樣喝酒的場面，那到底飲酒文化對韓國人來說有什麼意義呢？根據2017年的一項資料顯示，韓國燒酒的銷售量達到了36億瓶，可見他們酒的需求眞的非常大。

其實在韓國生活普遍壓力眞的很大，因此喝酒變成了一種舒壓的方式，同時他們也透過喝酒進行社交。韓劇裡常常會看到聚餐的時候喝燒酒，跟朋友一起傾訴的時候也喝燒酒，他們透過喝酒來釋放壓力之外，也交流彼此的生活。因爲韓國人眞的太常喝酒，尤其是公司聚餐的時候，我曾經很好奇地問韓國朋友，萬一有人對酒精過敏不能喝酒，遇到這種場合怎麼辦？他給我的答案是「硬喝」。足見喝酒文化有多麼深入韓國人的生活。當然喝酒文化中，韓國人也會搭配很多的喝酒遊戲或華麗的喝酒方式，其中最有名的應該就是燒啤了。相信大家在韓劇或是跟韓國人一起喝酒的時候，都看過他們華麗的開燒酒方式跟怎麼樣調配出最標準的燒啤比例。

喝酒對韓國人來說也有很多細節必須要注意，尤其在重視長幼順序的韓國。晚輩絕對不能當著長輩的面喝酒，而是必須側過身喝酒才行。也不能夠主動幫自己倒酒而必須幫別人

倒酒，只要看到別人或長輩的酒杯空了，一定要馬上幫他們倒酒才行。還必須注意，如果別人幫你倒酒，一定要兩隻手托著酒杯，這樣才是有禮貌的表現喔。

　　綜合以上幾點，大家大概可以得知韓國人的文化跟他們的思維，因此在跟韓國人相處的時候記得代入這些觀點，在看偶像的綜藝或是韓劇的時候，也能夠更加地看懂他們為什麼要那樣做。如果現實生活中有機會可以結交韓國朋友，也不要忘記勇敢地開口練習吧！

PART 5

自學常見的
疑難雜症

Q1 自學時無法分辨文法是屬於初、中、高級，上網也查不到該怎麼辦？

 A 解決這個問題最好的辦法就是，在書籍介紹當中提到的《我的第一本韓語文法系列》，因爲它剛好出了初級、進階、高級版，編排方式也像是字典，所以面對不知道的文法都可以去查詢，同時也可以知道類似的文法，再次推薦這套書。

 Q2 口說的語調好難！

A 在你練習口說的語調之前，最重要的就是你要大量且專注、有意識地聽，中文有一二三四聲，而韓文本身沒有，可是韓文本身有高低音上的差別。除了課本的CD之外，迷妹還可以運用韓劇或是音樂節目放送常常有的訪問部分，這些都可以拿來當作聽力練習。YouTube有一個好處是可以調整倍速，所以你可以依照自己的狀況調整然後去聽、去熟悉那個語調跟音高。如果是使用課本，可以在課本上做註記，然後一邊聽一邊唸，甚至可以錄下來去修正，讓自己的耳朵去熟悉不一樣情境下的語調跟音高。但有一件事要提醒大家，其實外國人要真正把發音跟語調練到百分之百像韓國人是有困難度的，有些人天生耳朵

比較敏銳擅聽跟模仿，但有的人卻比較不擅長。因此這邊也
給大家一個觀念，如果無法做到完全像韓國人也不要氣餒，
語言的最根本目的是溝通，只要對方能夠聽得懂，其實有一
點口音是沒有關係的。

  一定要參加檢定嗎？

迷妹的終極目標是聽懂偶像在說什麼，檢定這
件事其實滿看個人的。如果你希望了解自己的
能力，那麼你可以去參加看看檢定測試自己的能力；如果你
就只是單純學一個興趣，覺得只要聽得懂偶像說什麼的話，
那麼不參加檢定也無所謂，所以檢定其實對迷妹來說不一定
是那麼重要的，這本書的內容也沒有跟大家分享如何準備檢
定。但是如果你有意願參加檢定，有一個觀念一定要記得，
那就是級數絕對無法代表你真正的韓文能力。因為檢定是死
的，語言是活的，韓檢雖然分成六級，但其實真正韓文好到
爆炸或是在韓國攻讀碩博士的留學生，他們的韓文能力可能
遠遠超過六級。檢定是一個最快速測驗語言能力的方法，但
並不代表全部，而且很多時候，真實生活中非常實用的韓文
檢定根本不會考，希望大家不要被檢定綁住，因為那樣就會
失去了我們最初的目標。

Q4 聽說韓文很難，害怕自己會學不來……

 A 這如同我在前面的章節說過的，如果告訴你韓文很難你就想放棄的話，那麼其實你也沒有真正下定決心去學韓文。真正有決心想學韓文的人會馬上行動。所以不需要想那麼多，即使韓文很難，想著為了聽懂偶像在說什麼的心，就先學了再說吧！就算最後真的放棄，至少你也在這條路上嘗試過了。當然最好的狀況是可以學到真的聽得懂偶像在說什麼啦！

 Q5 要學多久才可以溝通？

 A 這是一個很難有標準答案的問題，因為每個人的學習狀況跟速度都有所不同，再加上每個人對於「溝通」的標準也都不一樣，因此很難給出一個標準答案。例如有些人只是想要去韓國能夠購物、點餐，對他來說那就是溝通了；有些人卻是希望可以用韓文跟韓國人聊各種話題，甚至是比較嚴肅的經濟、政治、時事之類的話題，那樣對他來說才是溝通的定義，這兩個要學習的目標截然不同。因此要根據你自己學習的目標來決定所謂「溝通」的定義。不過一般來說，平均以一週兩小時的課程來計算，初級

大約需要一年到一年半的時間，但是自學的話就完全看個人的狀況而定了。

 Q6 自制力不好、理解力差也可以自學嗎？

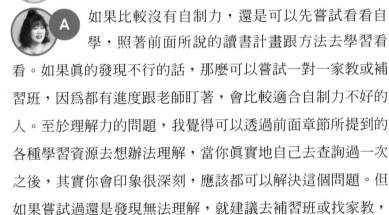 **A** 如果比較沒有自制力，還是可以先嘗試看看自學，照著前面所說的讀書計畫跟方法去學習看看。如果真的發現不行的話，那麼可以嘗試一對一家教或補習班，因為都有進度跟老師盯著，會比較適合自制力不好的人。至於理解力的問題，我覺得可以透過前面章節所提到的各種學習資源去想辦法理解，當你真實地自己去查詢過一次之後，其實你會印象很深刻，應該都可以解決這個問題。但如果嘗試過還是發現無法理解，就建議去補習班或找家教，沒有經濟顧慮的朋友就可以直接去讀語學堂會更快喔！

발문

後記

EPILOGUE

跟追星一樣專注目標，
傾盡全力

　　其實我在寫書稿的時候，一直都是很戰戰兢兢的，雖然一開始出版社來邀約時，我對於要寫書這件事情非常地興奮，想著我終於可以出一本自己的書了。但是寫書的過程才發現，其實寫書很難，再加上從2021年開始有追蹤我的人應該知道，我在那年開始就有憂鬱的情緒問題，也在同年8月被診斷出患有重度憂鬱症，所以每當我在寫書的時候，我都會很自我懷疑，究竟我寫出來的東西真的有幫助嗎？真的值得給大家閱讀嗎？

　　即使是寫完的現在，我依然很害怕這本書是否能夠帶給大家幫助。尤其當我看著身邊的朋友們也在出書的時候、當我看到內容都很專業時，老實說我的自信感瞬間降低了很多，

畢竟我只是一個迷妹，完全沒有專業的背景，這某部分是生病使然，甚至有一度卡關了非常非常久，我都坐在電腦螢幕前寫不出半個字，每當我打開書稿，我都覺得，我真的可以完成這本書嗎？

然而就在我一直陷入苦惱的時候，突然想起在我轉做韓文頻道時一個朋友的話；當時的我也是很自我懷疑，覺得我就只是一個迷妹，出來做韓文分享真的適合嗎？當時她對我說，正是因為你是一個自學的迷妹，然後你靠著自學聽懂了偶像在說什麼，這不就是給了他們一個希望，讓大家也覺得自學其實也可以學好韓文、然後聽懂偶像在說什麼嗎？所以不要想太多，就做頻道吧！

所以這句話也讓我對於在後續的寫書過程中更加安定一點。是啊，我就是以一個迷妹的角度來寫這本書的，迷妹的目標就很簡單，就是聽懂偶像在說什麼，於是我想著那個目標然後傾注全力把自己的經驗寫下來，在專注寫書稿的過程中，也讓我暫時拋開了很多負面憂鬱的情緒，漸漸地發現寫書沒有那麼大的壓力了。總之，我完成這一本書了！

　　雖然我依然不是很肯定這本書為大家帶來的幫助會有多大，但至少我做到了。

〈附錄〉
聽歌學韓文

　　每天聽偶像的歌，想必是每個迷妹必做的事，因此利用歌詞來學韓文就是一個很棒的方式。但是必須稍加注意的是，通常可能會因為旋律的關係，歌詞出現縮寫或是上下句因旋律而拆開的情況，因此利用歌詞學韓文的時候，一定要前後句一起看，比較能夠了解真正歌詞要表達的意思。

　　另外有提到過韓文是黏著語，是像積木一塊一塊拼起來的，因此在聽歌學韓文的時候，看懂的小技巧就是要學會怎麼拆解歌詞，這部分就會牽涉到文法跟字彙量，只要學會這個小技巧，就能更容易看懂歌詞的意境囉。

防彈少年團 - 봄날 Spring Day

눈꽃이 떨어져요 또 조금씩 멀어져요 雪花紛飛著又漸漸地遠離我

解析：

눈꽃 雪花 / 떨어지다 墜落、掉落 / 또 又、再 / 조금씩 逐漸地 /
멀어져요 原型為 멀어지다 變遠

보고 싶다 （보고 싶다）我想念你
보고 싶다 （보고 싶다）我想念你

解析：

보고 싶다 = 보다（看見）+ 고 싶다（想要）因此翻譯做想念你

TWICE - Talk That Talk

Talk that talk, 딱 한 마디, talk that talk, L-O-V-E

Talk that talk, 就一句話 talk that talk, L-O-V-E

解析：

딱 한 마디 就一句話

들려줘, ooh, now, now, now, now, now, yeah （yeah, turn it up）

讓我聽聽 ooh, now, now, now, now, now, yeah （yeah, turn it up）

解析：

들려줘 = 들리다（聽見）+ 아 / 어 / 해 줘（請幫我…… / 請給我……）

Stray Kids - 잘 하고 있어 Grow up

넌 잘 하고 있어 oh 你現在做得很好oh
넌 잘 하고 있어 yeah 你現在做得很好yeah

解析：

넌 = 너는你（는為主格助詞） /

잘 하고 있어 = 잘 하다（做得很好）+ 고 있다（表示現在進行式）

힘내 좀 참으면 돼 加油 再忍耐一下就行

解析：

힘내다加油 / 좀一點 /

참으면 돼 = 참다（忍耐）+（으）면 되다表示……的話就可以

내가 곁에 있을게 我會在你身邊

解析：

내가我 / 곁周圍 / 에地點助詞 /

있을게 = 있다（在）+ 을 / ㄹ게表達個人意志「我會……」

Aespa - Next Level

I'm on the next level
저 너머의 문을 열어 打開那扇遠處的門

解析：

저那 / 너머遠處 / 의的 / 문門 / 을受格助詞 /
열어原型為 열다「打開」

Next level
널 결국엔 내가 부셔 你終將被我打敗

解析：

널 = 너를你 / 결국終將 / 엔 = 에는助詞 / 내가我 /
부셔原型為부시다「粉碎 / 敲碎」

Next level
Kosmo에 닿을 때까지 直到我們觸碰到Kosmo的時候

解析：

닿을 때까지 = 닿다（觸碰）＋ 을 / ㄹ 때（……的時候）＋ 까지（到……為止）

Next level
제껴라 제껴라 제껴라 戰勝吧 戰勝吧 戰勝吧

解析：

제껴라 = 제끼다＋ 아 / 어 / 해라　제끼다是제치다的誤寫「戰勝」
（歌詞中常常會使用誤寫過後的字 要注意正式場合不能使用）
아 / 어 / 해라為半語的命令句型

ITZY - Loco

넌 날 반쯤 미치게 만들어 你讓我半發瘋

解析：

넌 = 너는 你（는表示主詞）/ 날 = 나를 我（를表示受詞）/
반쯤一半 / 미치게 만들어使……瘋狂

You got me like cray-cray-crazy in love
대체 네가 뭔데 你到底是什麼

解析：

대체到底 / 네가你 / 뭔데是什麼

미쳐 날뛰어 기분이 up and down

瘋狂蹦蹦跳 心情Up and down

解析：

미쳐原型是미치다瘋狂 / 날뛰다蹦跳 / 기분心情 / 이主格助詞

You got me like cray-cray-crazy in love
나도 내가 outta control 我也 我outta control

解析：

나도我也 / 내가我

SEVENTEEN - Don't wanna cry

울고 싶지 않아 (eh, eh) 不想要哭
울고 싶지 않아 (eh, eh) 不想要哭

解析：

울고 싶지 않아 = 울다 （哭）＋ 고 싶다 （想要）
＋ 지 않다 （否定詞「不……」）

因此 울고 싶지 않아 翻譯作「不想要哭」

눈물은 많지만 (eh, eh) 雖然眼淚很多但是

解析：

눈물 眼淚 / 은 助詞 / 많지만 = 많다 （很多）＋ 지만 （雖然……但是）

NewJeans - Attention

You got me looking for attention
You got me looking for attention
가끔은 정말 헷갈리지만 분명한 건

雖然有時真的會感到混亂 但可以確定的是

解析：

가끔 偶爾 / 은 助詞 / 헷갈리다 混亂 / 지만 雖然……但是 /
분명한 건 很明確的是

IU - Eight

우리는 오렌지 태양 아래

我們在橘色的太陽之下

解析：

우리我們 / 는助詞 / 오렌지橘色 / 태양太陽 / 아래在⋯⋯下面

그림자 없이 함께 춤을 춰

沒有影子一起跳著舞

解析：

그림자影子 / 없이（副詞）沒有 / 함께一起 / 춤을 춰跳舞

정해진 이별 따위는 없어

沒有計畫好的離別

解析：

정해진計畫好的 / 이별離別 / 따위는⋯⋯之類的 /

없어沒有 原型為없다

아름다웠던 그 기억에서 만나

在美麗的記憶中相會

解析：

아름다웠던美麗的 / 그那 / 기억記憶 /

에서（地點助詞）在⋯⋯ / 만나 原型為 만나다 相見

太妍 - 名為你的詩（德魯納酒店OST）

그대라는 시가 난 떠오를 때마다

名為你的詩 每當我想起你的時候

解析：

그대你 / 라는所謂的 / 시 詩 / 가主格助詞 / 난＝나는我 /
떠오를 때마다每當想起的時候

외워두고 싶어 그댈 기억할 수 있게

想要背誦著你 將你記在心裡

解析：

외워두고 싶어＝외워두다背誦 ＋ 고 싶다想要 / 그댈你 /
기억할 수 있게能夠記住

슬픈 밤이 오면 내가 그대를 지켜줄게

傷心的夜晚來臨 我會守護你

解析：

슬픈傷心的 / 밤夜晚 / 이主格助詞 / 내가我 / 그대你 / 를受格助詞 /
지켜줄게＝지키주다守護 ＋ 을／ㄹ게（表示主詞意志「我會……」）

내 마음 들려오나요 잊지 말아요

你聽見了我的心了嗎？ 請不要忘記

解析：

내我的 / 마음心 / 들려오나요聽見了嗎？ /
잊지 말아요＝잊다忘記 ＋ 지 말아요請不要

WINNER - Really Really

**Really really really really
내 맘을 믿어줘 Oh wah** 請相信我的心

解析：

내我的 / 맘 = 마음的縮寫「心」 / 을受格助詞 /

믿어줘 = 믿다（相信）＋ 아 / 어 / 해 주다（請幫我……）

**Really really really really
널 좋아해** 我喜歡你

解析：

널 = 너를你 / 좋아해原型為좋아하다「喜歡」

**Really really really really
넌 나 어때** 你覺得我如何

解析：

넌 = 너는你 / 나我 / 어때怎麼樣

Super Junior - Mango

바로 내가 oasis 천국으로 와 我就是那Oasis來天國吧

解析：

바로就是 / 내가我 / 천국天國 / 으로助詞 用以表達方向 /
와原型詞오다來

Sweet just like a mango, it feels so nice
입에 닿는 순간 녹아내려 가 碰到嘴唇的瞬間會融化

解析：

입嘴吧 / 에地點助詞 / 닿는觸碰到的 / 순간瞬間 / 녹아내려 가融化

Sweet just like a mango 날 원해 봐 試著渴望我吧

解析：

날 ＝ 나를我 / 원해 봐 ＝ 원하다（渴望）
＋ 아 / 어 / 해 보다（表示嘗試看看）

BLACKPINK - 마지막처럼

Baby, 날 터질 것처럼 안아줘

Baby像要爆炸一般擁抱我

解析：

날 = 나를我 / 터질 것처럼像要爆炸一樣 /

안아줘 = 안다（擁抱）＋ 아 / 어 / 해주다（請幫我……）

그만 생각해, 뭐가 그리 어려워?

不要再想了 那有什麼難的

解析：

그만到此為止 / 생각해原型為생각하다「想」/

뭐가 그리那有什麼 / 어려워原型為어렵다「困難的」

거짓말처럼 키스해줘 像謊言一樣親吻我

解析：

거짓말謊言 / 처럼像…… / 키스해줘 = 키스하다（親吻）

＋ 아 / 어 / 해주다（請幫我……）

내가 너에게 마지막 사랑인 것처럼

對你而言 把我當成是最後的愛一樣

解析：

내가我 / 너에게對你而言 / 마지막最後 /

사랑인 것처럼像是愛一樣

圓神出版事業機構
Eurasian Publishing Group
用心與你對話．視野無限寬廣

如何出版社
Solutions Publishing

www.booklife.com.tw

reader@mail.eurasian.com.tw

Happy Language 165

迷妹的韓文自學法：零基礎也能無痛養成韓文腦

作　　者／LJ
發 行 人／簡志忠
出 版 者／如何出版社有限公司
地　　址／臺北市南京東路四段50號6樓之1
電　　話／（02）2579-6600 · 2579-8800 · 2570-3939
傳　　真／（02）2579-0338 · 2577-3220 · 2570-3636
副 社 長／陳秋月
副總編輯／賴良珠
專案企畫／尉遲佩文
責任編輯／柳怡如
校　　對／柳怡如 · 張雅慧
美術編輯／金益健
行銷企畫／陳禹伶 · 鄭曉薇
印務統籌／劉鳳剛 · 高榮祥
監　　印／高榮祥
排　　版／杜易蓉
經 銷 商／叩應股份有限公司
郵撥帳號／18707239
法律顧問／圓神出版事業機構法律顧問　蕭雄淋律師
印　　刷／龍岡數位文化股份有限公司

2023年1月　初版

定價320元　　　　ISBN 978-986-136-647-0

迷妹們在追星過程中學習到的語言能力、各種技能，例如研究各種追星管道、學會查詢各種資訊，還透過追星，交到許多志同道合甚至於變成知心好友的朋友，其實就是追星意義最好的證明！

——《迷妹的韓文自學法》

◆ **很喜歡這本書，很想要分享**

圓神書活網線上提供團購優惠，
或洽讀者服務部 02-2579-6600。

◆ **美好生活的提案家，期待為您服務**

圓神書活網 www.Booklife.com.tw
非會員歡迎體驗優惠，會員獨享累計福利！

國家圖書館出版品預行編目資料

迷妹的韓文自學法：零基礎也能無痛養成韓文腦／LJ 著.
-- 初版 -- 臺北市：如何出版社有限公司，2023.01
　　176 面；14.8×20.8 公分 --（Happy Language；165）
　　ISBN 978-986-136-647-0（平裝）

　　1.CST：韓語　2.CST：讀本

803.28　　　　　　　　　　　　　　111019343

제 힘을 때 주셔서 고마워요

언제나 오빠 의 옆에 있을게요